【小説】JUMP j BOOKS

黒子《くろこ》のバスケ

-Replace Ⅲ-

ひと夏のキセキ

藤巻忠俊
平林佐和子

CHARACTER LINEUP
キャラクター

帝光中学 TEIKO Junior High School

桃井さつき
MOMOI SATSUKI

黒子の存在が気になる女子マネージャー。情報収集のスペシャリストであり、青峰とは幼なじみ。

黒子テツヤ
KUROKO TETSUYA

本編の主人公。バスケ部の3軍でくすぶっていたが、キャプテンの赤司に"6人目《シックスマン》"として見いだされる。

紫原敦
MURASAKIBARA ATSUSHI

高い身体能力を誇る長身センター。子供っぽい無邪気な性格で、お菓子を生き甲斐にしている。

青峰大輝
AOMINE DAIKI

チームのエースで黒子の良きパートナー。誰よりも純粋にバスケを愛する男である。巨乳好き。

緑間真太郎
MIDORIMA SHINTARO

3P《スリーポイント》シュートにこだわりを持つ副キャプテン。占い信者でラッキーアイテムを肌身離さず持っている。

黄瀬涼太
KISE RYOTA

自称「黒子っちの親友」。青峰のプレイに憧れてバスケ部に途中入部し、レギュラーの座をつかむ。

赤司征十郎
AKASHI SEIJURO

個性的なメンバーを統率するチームのキャプテン。趣味であるボードゲームの実力は達人クラス。

THE BASKETBALL W

誠凜高校 SEIRIN High School

日向順平
HYUGA JUNPEI

木吉鉄平
KIYOSHI TEPPEI

相田リコ
AIDA RIKO

伊月俊
IDUKI SHUN

小金井慎二
KOGANEI SHINJI

水戸部凛之助
MITOBE RINNOSUKE

土田聡史
TSUCHIDA SATOSHI

陽泉高校 YOSEN High School

岡村建一
OKAMURA KENICHI

劉偉
LIU WEI

福井健介
FUKUI KENSUKE

Primary School

タイガ・カガミ
TAIGA KAGAMI

タツヤ・ヒムロ
TATSUYA HIMURO

STORY

「キセキの世代」の"過去"が、明らかとなる！　バスケットの超強豪・帝光中学には5人の天才と、彼らが一目置く「幻の6人目《シックスマン》」黒子テツヤがいた。

この小説は彼らがまだ袂を分かつ以前の物語である――。

さらに誠凜高校バスケ部結成時の"過去"、火神と氷室のアメリカ時代の"過去"のストーリーを収録。

『Replace』シリーズ、待望の第3弾!!

THE BASKETBALL WHICH KUROKO PLAYS.

黒子のバスケ

-Replace Ⅲ-
ひと夏のキセキ

Replace…バスケット用語で「元いた場所に再び戻ること」

第1G《ゲーム》
キセキが浴衣にきがえたら

夕暮れの住宅街に、下駄《げた》の音がからころと響いた。

洋装の人々に混じり、浴衣《ゆかた》に身を包んだ老若男女《ろうにゃくなんにょ》が、誰もが笑顔でひとつの方向——夏祭りの行《おこな》われる神社へと歩いていく。

そのうちの一人、淡いえんじ色に花の模様を描いた浴衣の少女が、くるりと振り向いた。きれいに髪を結《ゆ》い上げた桃井《ももい》さつきである。桃井は周囲の人々とは違い、ぷうと不満げに頬《ほお》を膨《ふく》らませていた。

「大《だい》ちゃん、歩くの遅いよ！」

「うっせーなぁ、別にいいだろ。急いだって変わんねーよ」

桃井の不満の原因にして、幼《おさな》なじみである青峰大輝《あおみねだいき》は面倒《めんどう》くさそうに言い返した。青峰も今日はいつもと違い、濃紺《のうこん》の浴衣を身にまとっている。

「つか、いい加減、『大ちゃん』はやめろ」

「どうして？　以前は『青峰君』って呼ぶと、変だって言ってたのに」

桃井が青峰を『青峰君』と呼び出したのは、中学にあがってからだ。『大ちゃん』と昔ながらの呼び方をしていると、冷やかされることが多いので、仕方なく『君』付けに変えた。

けれど、ふたりでいるときは、こうやって慣れ親しんだ名前で呼ぶことが多い。

それが逆に青峰はうるさく感じるらしいのだが、桃井にはよくわからなかった。

桃井が「ほら、早く！」と急《せ》かしても、青峰は「はぁ……」とため息をつくだけで歩調は変えない。たらたらと歩く青峰が隣に来るのを待って、桃井は並んで歩き出した。

「せっかく浴衣着たんだから、できるだけ長くお祭りを楽しみたいじゃない」

「オレは普通の格好《かっこう》でも楽しめる」

青峰の反論に、桃井は「そうかもしれないけどっ！」と語気を強めた。

「浴衣のほうがもっと楽しいよ。せっかくおばあちゃんが縫《ぬ》ってくれたんだし」

桃井は片腕を軽く上げ、浴衣の袖《そで》を見つめた。自分と青峰が着ている浴衣は、彼女の祖母が仕立ててくれたものだ。

一学期の最終日――つまり昨日のことになるのだが、桃井は学校帰りに祖母の家を訪れた。家に寄ってくれと、祖母から連絡があったのだ。

そのとき渡されたのが、この浴衣である。大喜びで袖を通す桃井を、目を細めて嬉《うれ》しそうに見ていた祖母は「これも一緒に用意したのよ」と、もう一着浴衣を差し出した。濃紺の男モノ、青峰用であった。毎年、ふたりが夏祭りに行くことを覚えていたらしい。

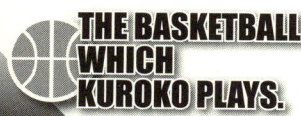

「おばあちゃん、青峰くんの身丈《みたけ》を気にしてたけど、ちゃんとぴったりだね」

桃井は隣を歩く青峰の浴衣姿を改めて見つめた。毎日一緒にいる幼なじみでも、装いが違うと、とても新鮮に感じられる。

「まあ、なんとかなったな」

青峰は興味がないのか、気のない返事だ。「えー、感想それだけ？」と桃井は少し不満に思うが、なんだかんだと言いつつも着てくれたのだから、合格なのだろうと思い直す。

「……なんだよ、にやついて」

青峰が桃井の顔を見て、眉《まゆ》をひそめた。

「え？　あー、うん。……青峰君、浴衣似合ってるよ」

桃井はにこっと青峰に笑いかける。

「そうか？」

「うん。肌《はだ》も浴衣も黒くて、真夜中に会ったら目だけ光って見えて怖いかも」

「おまえなぁ!!」

「だって、本当のことだもん」

そんな軽口を叩《たた》きながら、ふたりは夏祭りが行われている神社へと歩いて行く。

参道《さんどう》の入り口に着くと、桃井は「わぁ……」と思わず歓声《かんせい》をあげた。

長い参道を埋め尽くすように、いくつもの屋台《やたい》が並んでいる。まだ日没前だが、どの店もライトをつけ、煌々《こうこう》とした輝きにあふれていた。参道を守るように周囲の木々が枝を伸ばし、まるでアーチのようだ。その様子を見ているだけで、毎年のことながら、胸がわくわくする。

顔を輝かせる桃井の隣で、青峰はうんざりとした声を出した。

「げっ、人多くね？」

「今年は久しぶりに御神輿《おみこし》出るから盛況《せいきょう》みたいだよ。さ、行こっ！」

桃井は青峰の背を押し、参道を社殿《しゃでん》へと進んだ。

社殿に設置されている賽銭箱《さいせんばこ》にお賽銭を入れ、青峰が無事に夏休みを乗り切る（宿題もちゃんとこなし、クラブでも怪我《けが》をしない）ことと、できればあの人ともっと仲良くなれますように……と、桃井は念入りにお願いした。

お参りをすませ、屋台へと向かいながら「まずは、どの屋台見て回る？」と桃井が青峰を見上げると、返ってきた答えは予想外のものであった。

「オレ、そこの休憩所《きゅうけいじょ》で待ってるわ」

「え？」

桃井は目をぱちくりする。青峰が「そこ」と指さしたのは、簡易《かんい》テントの下に、机や椅子《いす》が並べられた場所。屋台で購入した物を食べてもいいようで、確かに休憩所と呼ぶに相応《ふさわ》しい。

THE BASKETBALL WHICH KUROKO PLAYS.

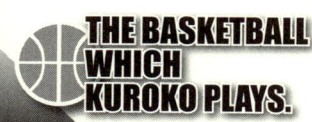

桃井はあわてて尋《たず》ねた。

「な、なんで⁉　見て回らないの？」

「人混《ひとご》み、面倒だし。なんか適当に食いモン買ってこいよ。……あ、肉がいい、肉」

「え、肉？　え、え？」

「ンじゃあ、待ってっから」

「ちょっ、ちょっと、大ちゃん⁉」

青峰は「よろしく」と手を振ると、すたすたと休憩所のほうへ歩いて行く。

「うそ……」

残された桃井は呆然《ぼうぜん》と立ち尽くした。


楽しみだったはずの屋台も、ひとりでは楽しさが半減したように感じられる。

大ちゃんのバカ！　せっかくお祈《いの》りしたのに、お賽銭返してよっ！

心の中で青峰に悪態《あくたい》をつきながら桃井が屋台を見て回っていると、

「桃井さん？」

透明感のある澄《す》んだ声が自分の名前を呼んだ。瞬間、桃井の脳から青峰への怒りは消え、淡い喜びが一気に広がる。桃井が聞き間違えるはずのない、彼の声だ。

「テツ君!!」

「はい。あ、こっちです」

黒子《くろこ》テツヤの姿を求めて、きょろきょろする桃井を見かねたのか、黒子が自分の存在をアピールするように手を振る。なんと、黒子は桃井の目の前にいた。

黒子の姿を見つけた桃井は、ぱああと顔を輝かせ、思わず両手を組み合わせて言った。

「テ、テテテ、テツ君!!　浴衣、似合ってる!!」

「ありがとうございます」

挨拶《あいさつ》よりも先に感想を述べてしまうほどに、黒子の浴衣姿は桃井のハートを射貫《いぬ》いた。

黒地に縞《しま》模様の浴衣を着た黒子は「桃井さんも浴衣似合ってますね」と、桃井の意識を吹き飛ばしかねない一言を発する。

「テ、テツ君……!」

お賽銭を百円にしておいて、よかった……!

桃井はよろめきつつも神様に感謝した。このままでは桃井の意識が危ういと思われたとき、黒子の一言が彼女を我《われ》に返す。

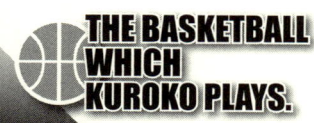

「青峰くんは一緒じゃないんですか？」

「それが……聞いてよ、テツ君！」

桃井は青峰がひとりでさっさと休憩所に行き、さらには「なんか買ってこい」とまで命令してきたことを一気に話した。聞き終えた黒子は「青峰君らしいですね」と真顔《まがお》で答えた。

「テツ君もひとりなの？」

桃井が尋ねると、黒子はうなずいた。

「クラスメイトの巻藤《まきふじ》くんと来たんですけど……。巻藤くん、急に用事ができちゃって、帰っちゃったんです」

「そうなんだ……」

と、桃井は相づちを打ち、そしてはっとする。

……これはもしかして、チャンスなのではないだろうか。

桃井は顔を赤らめて、勢いこんで黒子の名を呼んだ。

「……テ、テツ君！」

「はい」

「あ、あのねっ、もしよかったら、その……一緒に回らない？」

「え？」

「青峰君には、なにか買っていかないといけないんだけど、すぐに持って行くのはちょっとしゃくだし、少し焦《じ》らしたいの。でも、ひとりで夜店を回ってもつまらないし……」

桃井の説明に黒子は「はぁ……」と少し迷うように返事をした。

「でも青峰君、怒りませんか？」

「えっ!?」

「お腹《なか》すくと、不機嫌になったりしますよね」

「うー、そうかも……」

桃井は黒子の的《まと》を射《い》た指摘《してき》に悩んだ。さすがは青峰の相棒《あいぼう》。青峰をよく理解している。

「でもちょっとぐらいなら……」と桃井が悩んでいると、黒子が「そうだ」とつぶやく。

「だったら、ボクと一緒だったから、遅れたということにしませんか？」

「え？」

目を丸くする桃井に、「それなら、青峰君も強く言わないと思いますよ」と黒子はいたずらっ子のように目を細めた。そのどこか楽しげな表情に、桃井はまたもハートを射貫かれる。

ありがとう！　巻藤くん!!　桃井はいまさらながら、まだ見ぬ同級生へ感謝の言葉を送る。

「そうだね！　テツ君が一緒なら、青峰君も怒らないと思うなっ！」

「では、決まりですね」

行きましょうか、と黒子に言われ、桃井は雲の上にいるような思いで歩き出した。桃井はまさに天にも昇《のぼ》る心地《ここち》だったが、うっとりとばかりはしていられなかった。気を抜くと、黒子を見失ってしまうからだ。

そのふたりが、まず立ち寄ったのはスーパーボールすくいの店だった。黒子の希望である。

「わりと好きなんです」

店主からボールをすくうポイを受け取り、スーパーボールがゆっくり流れる水槽《すいそう》の前に黒子がしゃがむ。

「きれいだよね！」

桃井もポイを受け取ると、黒子の右隣にしゃがんだ。

好きと言うだけあり、黒子はひょいひょいと難なくスーパーボールをすくい上げていく。

透明な赤、単色の青、無色透明でラメが入ったもの……と、様々なスーパーボールが黒子の持つ小さな器《うつわ》を埋めていった。

対して桃井は、小さめのものを数個取ったところでポイに穴が空《あ》いてしまった。

「うー、残念。あれが欲しかったのに～」

桃井が最後に狙《ねら》ったスーパーボールを見つめていると、

「どれですか？」黒子が桃井の視線の先を探した。

「え……？　あの、あそこの、ちょっと大きなピンクで透明のを狙ってたんだけど……」

「わかりました。あれですね」

桃井の指さしたボールに黒子が狙いを定める。

も、もしかしてテツ君が取ってくれるの⁉

桃井は目を見張り、頬をつねった。痛みがある。夢ではないらしい。
テ、テツ君が私のために‼
桃井は感激にうち震え、黒子と共にピンクのスーパーボールを目で追った。

冷静な視線と熱い視線を一身に浴びるピンクのスーパーボールは、水流に乗って水槽を一周し、ぷかぷかと黒子たちのほうへ向かってくる。

やがてそれは桃井の前にさしかかり、横に並ぶ黒子のもとに行くと思った瞬間――

「よーっし、俺が取ってやるよ！」

右から伸びたポイが、ピンクのスーパーボールをひょいっとかっさらった。

「え⁉」

一瞬なにが起きたのか理解できず、桃井はつられるようにポイの主を求めて右を見ると、

「君、これ欲しかったんでしょー⁉　あげるって！」

いつからいたのか、青いフレーム眼鏡《めがね》をかけた高校生らしき少年が桃井の右隣にいた。

「あ、あの……？」

戸惑《とまど》う桃井に、少年はにかっと笑いかけ、ピンクのスーパーボールが入った器を差し出す。

「君さぁ、さっきからじーっとこれ見てたでしょ？　だからプレゼント。つか、ひとりだよね？　俺らと一緒に遊ばない？」

俺ら、というのは少年のさらに右隣にしゃがんでいる少年のことを指すらしい。こちらも高校生らしく、にこやかに笑うと「どうも～」と手をひらひらと振ってみせる。手を振るたびに、腕に幾重《いくえ》にも巻いたブレスレットがシャラシャラと鳴った。

「浴衣、似合ってんねー。名前、なんてーの？　高校生？」

「あ、あの、いいです！　私、友達と一緒に来ているので」

桃井があわてて立ち上がると、青のフレーム眼鏡男子とブレスレット男子も立ち上がる。

「友達もいるなんて、ちょうどいいじゃん。いいよー、こっちもふたりだし、男女ふたりずつで、ちょうどよくね？」

「……いえ、男三人です。そもそも、何もちょうどよくはないと思います」

「へ？　……えっ⁉」

青のフレーム眼鏡男子は目を大きく見開いた。ナンパ中の美少女を見つめていたはずが、突如《とつじょ》として、存在感のない少年が目の前に現れたのだ。

「なっ⁉　お、おまえ、どっから⁉」

高校生たちは思わず仰《の》け反《ぞ》った。その隙《すき》をつき、黒子は桃井の肩を促《うなが》すようにそっと押す。

「桃井さん、行きましょう」

「あ、う、うんっ」

黒子に促されるままに桃井は男子高校生たちに背を向けて、その場を離れた。

しばらくして黒子の出現の衝撃から我に返った高校生たちは、「なに今の⁉」「どっから出てきた⁉」などと口々に喚《わめ》いていたが、早足で歩く桃井たちの耳にはよく聞こえなかった。

歩きながら、桃井はほっと息を吐《つ》いた。

「ありがと、テツ君。……ごめんね、なんか変なことに巻きこんじゃって」

桃井は肩を落とす。せっかく黒子が気を利《き》かせて、スーパーボールを狙ってくれたのに、すべておじゃんになってしまった。しかもそうなったのは、自分がナンパされたからだ。

落ちこむ桃井に、黒子が「気にしないほうがいいです」と優しく声をかけた。

「それに、ボクのほうこそスミマセン。こういうときは、もう少し存在感があるといいですよね。……あんなふうに」

黒子が、すっと前方の人混みを指さすので、桃井が「え？」と目をこらす。

指さされたのは、正確には人混みの頭二つ分ほど上あたり。

そこには誰も見逃すことのできない、誰もが思わず二度見《にどみ》する、巨体が歩いていた。

見間違えることなどありえない。紫原《むらさきばら》　敦《あつし》である。

夏祭りに合わせたのだろう、今日の彼は甚平《じんべい》を着ているので、目立つこと、この上ない。

「紫原君」

黒子が腕を挙げて手を振ると、

「あ、黒ちんだー。あれ、さっちんもいるんだねー」

桃井と黒子に気づいた紫原がずんずんと人混みをかき分けて、こちらへと歩いてくる。

そんな紫原の隣には、意外な人物がつき添っていた。

「黒子、桃井。こんな所で会うとはな」

白地に昇竜《のぼりりゅう》が描かれた浴衣を身につけ、悠然《ゆうぜん》と腕を組む——赤司征十郎《あかしせいじゅうろう》だ。

「赤司君も紫原君と一緒に遊びに来たんですか？」

「ううん。たまたまそこで会ったんだよー」

紫原が間延《まの》びした声で答える。「赤ちんは、これから将棋《しょうぎ》の大会に出るんだってー」

「将棋の大会？　ここでやってるの？」

桃井が赤司に尋ねると、彼はうなずいた。

「知り合いに出てくれと頼まれたんだ。参加者を確保したいらしい」

「おもしろそうな対戦相手がいるのですか？」

黒子が尋ねると、赤司は「さあ……」と目を細めた。そして腕時計をちらりと見る。

「そろそろ始まる時刻だ。……紫原、あとで連絡する」

「うん。よろしくね～」

紫原たちに見送られ、赤司はひとり、人混みの中へと消えていった。

「ムッ君、赤司君と何か約束したの？」

桃井の問いかけに、紫原が大きくうなずく。

「うんっ！　将棋大会、優勝景品の中にお菓子の詰め合わせがあるんだって。大会が終わったら、そのお菓子を取りに来いって言われた」

「勝負する前から、もう優勝すること決定なのね……」

「まあ、赤司君が負けるとは思えませんしね」

「だよねー」「そうかも……」と紫原と桃井は黒子の言葉に同意した。


紫原が「次はソースせんべいを食べたいんだよね～」と言いだしたので、三人が目的の

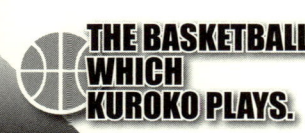

屋台を探して歩いていると、またもやよく知る人物と出くわした。

輪投《わな》げ屋でひとり苦しむ、緑間真太郎《みどりましんたろう》である。

「ミードリン、どうしたの？」

桃井が声をかけると、輪投げに集中していた緑間が振り返った。青地に白で模様の描かれた浴衣を身につけた彼は、学校で見かける姿よりも大人びて見える。

「桃井……それに、黒子と紫原まで一緒か」

「緑間君も輪投げで遊んだりするんですね」

黒子の言葉に緑間は眼鏡の位置をすっと直し、はっきりした声で否定した。

「これは遊びではない」

「じゃあ、その手に持つ輪投げはなんですか？」

「これは、オレが人事《じんじ》を尽くすことへの決意の証《あかし》、そのものだ」

緑間はぐっと輪投げの輪っかを握り締めた。

「ここの輪投げは、なかなか個性的な景品が多いので、オレのラッキーアイテム候補に入れておこうと思ったのだよ」

桃井は輪投げ屋の棚《たな》を見つめた。緑間が「個性的」というだけあって、棚に並ぶラインナップは確かに種類豊富だ。定番のお菓子の隣には、なぜか仏像のフィギュアが並んでいる。

それぞれの景品の前には空《あ》き缶《かん》が並べられ、景品をもらうにはその空き缶に輪っかを投げ入れるルールのようだ。

「どれを狙ってるの？」

「あの中段の棚に並んでいる、なまはげのこけしだ」

「……個性的だね」

「ああ。滅多《めった》にない逸品《いっぴん》だ。あれならば、ラッキーアイテムが『なまはげ』でも『こけし』でも『子供を泣かすもの』でも、いつでも対応できる」

「……いろいろ大変だね」

桃井は改めて緑間の情熱に脱帽《だつぼう》した。緑間は桃井の「大変だね」を輪投げのことだと解釈したらしく、「そうなのだよ」とうなずいた。

「ボール当てならば、難なくクリアできるのだが、輪投げとなると勝手が違う。しかも中段の棚だ。的確《てきかく》に狙う必要があり、難しい……」

緑間は輪っかを握りしめ、ギロリとなまはげのこけしを睨《にら》む。

試合中でも、ここまで憎々《にくにく》しげな眼差《まなざ》しの緑間は見たことがない。

「そんなに難しく考えることないんじゃないのー？　投げれば入るって」

いつもの眠そうな顔で紫原が言った。

「紫原、何も考えていないおまえにはわからないのだよ」

「そうかなぁ……」

紫原は輪投げ屋の店主にお金を払い、輪っかを受け取ると、「こうやってさぁ……」と、ひょいと腕を伸ばした。

「なっ⁉」


あまりの光景に緑間も、桃井も、黒子さえもが息を飲んだ。

紫原の伸ばした腕は、景品の棚に限りなく近づいていた。

「えっと……これにしよ」

紫原は、クッキーの箱の前に置かれた空き缶に輪っかを投げた。正確には、「軽く放った」という程度の力加減だ。輪っかは危なげもなく空き缶をとらえた。

まさにあっと言う間の出来事に、黒子たちも店主でさえも呆然とする。

「ほらねー、簡単だしー」

紫原が、ふにゃと笑って緑間を振り返る。その肩を緑間ががしっとつかんだ。

「紫原……オレははじめておまえをコート以外で使える男だと思ったのだよ！」

「ミドリン、言ってること酷《ひど》い！」

桃井が非難するが、紫原自身は「え？　なにが？」ときょとんとしている。

「紫原、あのこけしも取ってくれ！」

緑間がびしっとこけしを指さすと、紫原は首をかしげた。

「え〜、なんで〜？」

「いいから、取るのだよっ」

「……紫原君、緑間君はあとでリンゴ飴《あめ》をおごると言ってます」

黒子の一言に、紫原の目が輝く。「え、そうなの？」

「黒子！　なに、勝手なことを言っているのだよ」

緑間がじろりと黒子は睨むと、黒子は「でも……」と小さく答えた。

「紫原君には、これが一番効果的だと思いますが」

「っ……！　仕方ない。紫原、金も払うし、リンゴ飴もおごってやる」

「うん。わかった〜」

元気よく答えた紫原はおもむろに腕を伸ばすと、ひょいと輪っかを放る。

それは、こけしの前に置かれた空き缶に吸いこまれるようにして落ちた。

「よし。次はあのライオンのぬいぐるみだ！」

「うん。かき氷も追加してねー」

「……わかった」

ひょい。

「次はあのブリキの人形！」

「わたあめもねー」

「くっ……わかったのだよ」

ひょい。

「そっちのミニカーもだ！」

「ラムネ菓子もいいなぁ」

「まだ食べるのか！　いい加減にするのだよっ！」

ひょい。

そんなやりとりが続き、いつしか輪投げ屋の景品はあらかた紫原に制覇《せいは》されてしまった。

景品でいっぱいになった袋を手にした緑間は、財布《さいふ》の中身を見て頬を引きつらせた。

「思わぬ出費だった……。だが、まさか紫原の腕の長さが、こんなところで役に立つとはな」

「ミドチン、約束忘れないでねー」

緑間の隣で紫原が満足げに笑う。彼の腕の中も、緑間のリクエストに応《こた》えながら、密《ひそ》かにゲットしていたお菓子の景品にあふれていた。

「ちょっと気の毒な感じがする……」

桃井はそっと輪投げ屋の店主をうかがった。

店主は目に涙をためて無言で抗議の眼差しを緑間と紫原に向けているが、ふたりは意に介《かい》さない。ルール上、紫原の行為は違反ではない。違反ではないが、そんなに根こそぎ取っていかなくても……という店主の悲しみがうかがえた。

「……ボクもやってみようかな」

「え？」

黒子のつぶやきに、桃井は驚き、店主は戦慄《せんりつ》した。

「紫原君を見ていたら、ボクにもできそうな気がしてきました」

「うん、簡単だよー」

「めぼしい景品はあまり残ってないがな」

黒子はお金を払い、輪っかを受け取ると、桃井に尋ねた。

「桃井さん、どれか欲しいのありますか？」

「えっ⁉」

「さっきのスーパーボール、取れなかったので代わりにどれか選んでください」

「テツ君……‼」

黒子の優しさに桃井がぶわっと頰を染める。

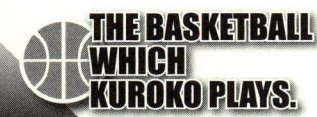

「えっと、じゃあ……どれがいいかな……！」

桃井が寂《さび》しくなった棚に視線を走らせていると、隣から紫原が「オレねぇ、あそこのドロップが欲しい～」と言いだし、桃井をあわてさせた。

「ムッ君、ダメ！　私が先だから！」

「えー、そうなの～？」

「そうなのっ！」

「紫原君。桃井さんのが取れたら、ドロップに挑戦します」

「うん、お願いー」

しかし、そのお願いは果たされなかった。

「はい、残念賞～！」

先ほどまで泣きそうだった店主が、ほっとした笑顔でそう宣言したのは、黒子がすべての輪投げを外したからだった。

「……難しいですね」

黒子が残念そうに感想を述べると、腕組みをした緑間が「そうなのだよ」となぜか勝ち誇ったように言った。

「すみません、桃井さん」

黒子が申し訳なさそうに言うので、桃井はあわてて手と首を振る。

「そんなっ！　謝《あやま》らないで！　テツ君の気持ちだけですっごく嬉しかったから！」

「ですが……」

「残念賞も景品あるよ」

「！」

黒子たちがそろって、店主の顔を見る。

店主は「ほい、この中から選んでねー」と棚のうしろからダンボール箱を取り出し、桃井たちの前に置く。ダンボールの側面には、『不用品』とマジックで書かれていた。

「…………」

桃井たちは、沈黙したままそっと箱の中をのぞく。そこには、けん玉、ビー玉、紙風船と、昭和《しょうわ》の香り漂う物がひしめいていた。残念賞という名の在庫処分だな……と誰もが思った。

「……桃井さん、欲しいものありますか？」

「えっと……じゃあ、これ！」

桃井が選んだものを見て、緑間、紫原は目を見張る。

「桃井、それがいいのか……!?」

「さっちん、考え直したらー？」

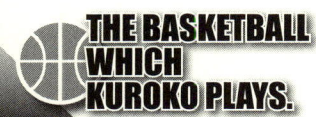

「えっ⁉　いいじゃない、これ。テツ君はどう思う?」

「………桃井さんが気に入ったものがいいと思います」

「なんでそんな投げやりなの⁉」

桃井は手に取ったクマのぬいぐるみをしげしげと見つめた。

確かに普通のクマのぬいぐるみではない。フランケンシュタインのように顔はつぎはぎだらけな上、ジェイソンのお面を斜《なな》めにかぶり、背中にはツルハシやら、チェーンソーやらがはみ出したリュックを背負っている。

しかし、一際《ひときわ》異彩《いさい》を放つこのぬいぐるみを、桃井は一目で気に入ってしまった。

「ちょっと変わってるけど、そこがかわいいと思うんだよね」

「女子の考えることはよくわからないのだよ……」

「でも、気に入るものがあってよかったです」

「黒ちんて、何でもうまくまとめようとするよねー」

「え」

紫原の何気ない一言に、黒子が思わず固まる。

しかし、ぎゅっとぬいぐるみを抱きしめた桃井が「ありがとう、テツ君。これ、大事にするねっ」と嬉しそうな笑顔を浮かべるのを見て、黒子は「どういたしまして」と微笑《ほほえ》んだ。

KUMA

駄菓子《だがし》の屋台を回る緑間と紫原とは別れ、桃井と黒子はまたふたりで歩き出した。

「そろそろ青峰君のところへ行きますか？」

日も暮れ始め、お腹もそろそろ空腹を覚え始めている。

「青峰君もお腹を空《す》かせているかもしれませんね」

「あ……うー、でも、もうちょっと焦《じ》らすっ。私たちだけで、先に何か食べよっ」

桃井の提案に、黒子は苦笑して「わかりました」と答えた。

辺《あた》りを見回すと、たこ焼き屋の屋台が目に入った。いい香りに誘われて、ふたりはその屋台に並ぶ。なかなか繁盛《はんじょう》しているらしく、前に二、三組並んでいた。

順番を待ちながら「テツ君は青のりかける派？　それともマヨネーズ派？」と話していると、「ねえねえ」と桃井は肩をぽんぽんと叩《たた》かれた。

何だろうと桃井が振り返ると、若い男が立っていた。短めの茶髪に、タンクトップのむきだしの肩から手首の先まで続くタトゥーが目をひく男だった。男は馴《な》れ馴《な》れしく笑うと、言った。

「ここのたこ焼きよりさー、あっちの店のほうが美味《おい》しいよ？　おごるから、食べに行かない？」

「あの……興味ないんで結構です」

桃井は相手を拒絶《きょぜつ》するように顔を背《そむ》けた。無防備に振り返ったことを後悔する。よりにもよって、またナンパされるなんて。

しかしタトゥー男は、桃井の拒絶などまったく気にしていないらしく、

「そう警戒《けいかい》しないでよー。たこ焼き食べたいんでしょー？　もう、いくらでもおごるって！　ほらほら、行こうよ」

桃井の顔色をうかがうように、顔を近づけてくる。

あまりの至近《しきん》距離に桃井が思わず身を引き、たまらず抗議しようとしたとき、

「そういうの、よくないです」

黒子がすっと桃井の前にでた。タトゥー男は、当然のごとく驚き、

「んなっ⁉　なんで、てめぇ！　どっから出てきたっ‼」

と、目を丸くして黒子を見つめた。

「彼女は他の店には興味ないと言ってます。お引き取りください」

そう言うと、黒子は無表情に男を見つめ返す。

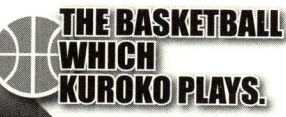

その顔が気に入らなかったのか、タトゥー男は黒子の肩をつかむと、

「んだよ、テメェ……。関係ねぇ奴《やつ》は、ひっこんでろ!」

黒子を押しのけようと手に力をこめた。黒子は一瞬顔をしかめるが、立ちふさがったまま動かない。

「てめぇ、なめてんじゃねーよ……!」

男の声に怒気《どき》がにじみ、トカゲのタトゥーが彫《ほ》られた手が、黒子の肩に食いこむ。

剣呑《けんのん》な雰囲気《ふんいき》に、周囲にいた人たちがざわざわと後ずさった。——のだが。

「あれ~、ふたりしてこんなとこでどうしたんスか?」

明るい声とともに、浴衣を着た背の高い男がふらりと現れた。

男は目深《まぶか》にかぶっていた帽子《ぼうし》を外す。

さわやかな笑みを浮かべた、黄瀬涼太《きせりょうた》であった。

「あ、たこ焼き食べるの~。いいッスね、オレも食べよっかな」

黄瀬はタトゥー男が目に入らないらしく、すたすたと桃井と黒子に近寄ると、にこやかに話しかける。無視されたタトゥー男が、「おい、てめぇ!」と口を開いたとき、

「ねぇ、あの人、この間、雑誌に載《の》ってたモデルの人だよ!」

「え、モデルなの!? なんて人!?」

「うそっ！　かっこいいっ!!」

現役モデルの黄瀬に気づいた少女たちが一斉《いっせい》に騒ぎ出した。黄瀬が「どうも～」と営業用スマイルで手を振ってみせると、「きゃ～」と黄色い悲鳴があがる。

一触即発《いっしょくそくはつ》だった空気は、がらりと変わってしまった。

タトゥー男は雰囲気に飲まれ、「くそっ、なんなんだよっ」と吐き捨てると人混みの中へ消えていった。

「よかった……」

桃井は詰めていた息をほっと吐《つ》いた。「テツ君が殴られちゃうかと思った……」

「すみません……」

黒子がぽりぽりと頰をかく。

「黒子っちって結構熱いとこ、あるっスよね」

女の子たちにひと通り手を振ったあと、黄瀬も呆《あき》れた顔で黒子を見つめた。

「オレが出ていかなかったら、ちょっとヤバかったんじゃないスか？」

「きーちゃん、わざとだったの!?」

桃井がびっくりして黄瀬を見つめる。てっきり場の空気を読まずに登場したのかと思ったのだ。

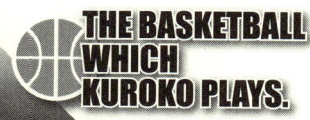

黄瀬は肩をすくめた。

「あのね、いくらなんでもあの雰囲気に気づかないわけないスよ」

なんとか穏便《おんびん》におさめようと思った黄瀬なりの行動が、先ほどの顚末《てんまつ》らしい。

「おかげで、スタイリストさんから借りた帽子がいきなり無意味になったっス」

黄瀬は指先で帽子をくるくると回した。

「わざわざ帽子を借りたの？　なんで？」

「そりゃもちろん、オレって目立つから」

さらりと前髪をなでてにっこりと笑う黄瀬に、黒子は「感謝してたのに、したくなくなりました」と告げた。

一悶着《ひともんちゃく》ありつつも、ついに手に入れたたこ焼きを持って、三人は参道の端へと移動した。人の邪魔にならない場所で、パックを開ける。食欲をそそる香りが一気に広がった。

熱々のたこ焼きを分け合いながら、ふと桃井はあることに気づいた。

「きーちゃんの浴衣って、変わってるね」

「あっ、気づいたっスか⁉」

黄瀬が嬉しそうに自分の浴衣を見下ろした。

淡い水色地に小さなペンギンが散らすように描かれている。

「仕事の撮影で使ったのをもらったんスよ。男モノの浴衣でこういう柄《がら》って珍しいスから」

「そういえば男の子用って、シンプルなのが多いよね。それに、暗めの色が多い気がする。テツ君のも黒だし、青峰君のも濃紺だったもん」

「濃い色のほうが、男にとっちゃ無難っスから。白とか涼しげだけど、着てる人が少ないから、着るのに勇気いるらしいっスよ」

　にこにこと話す黄瀬の言葉に、桃井と黒子は一瞬言葉を失った。

「どうしたんスか？」

「……赤司君の浴衣、白地でしたね」

「え、マジで!?」

「うん。しかも竜《りゅう》が描かれてた……」

「竜！　着こなす難易度《なんいど》高いっスよ！」

「でも似合ってましたよね」

「うん……」

　さすが赤司君……！

　三人は口にせずとも、心の中で同じことを思った。

　たこ焼きを食べ終え、パックをゴミ箱に捨てると、黄瀬が「そういえば……」と桃井を見た。

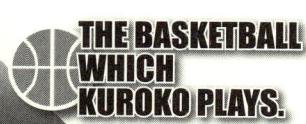

「今日は青峰っちは一緒じゃないんスか？」

「うん、それがね……」

桃井は青峰が休憩所で待っていることを伝えた。

「青峰っち、らしいっスね」

黄瀬はからりと笑う。

「黄瀬君はひとりで来たんですか？」

黒子が尋ねると、黄瀬は「そーっスよ」と答えた。

「知り合いのおじさんに、今日は御神輿《おみこし》を担《かつ》ぐからぜひ見に来てくれって誘われて。本当はもっと早く来るつもりだったんスけど、道路がすごい混《こ》んでて車が全然動かなくて」

「…………わざわざ夏祭りに来るのに、タクシーに乗ったの？」

「ちょ、なんスか！　桃っちのその目！　オレ、そんなにセレブじゃないっスよ！　今日は仕事があって、帰るのにマネージャーさんの車で送ってもらっただけっス」

「確かに……道路混んでましたね。ボクもここに来るとき、渋滞しているのを見ました」

黒子が記憶をたどるように、口元に手を当てる。

「パトカーとか、ずいぶん停《と》まってたから、なんかあったんじゃないスか」

「事故……事件かな？」

桃井も首をひねった。

「でもまあ、いいじゃないスか。今は夏祭りを楽しまないと」

話を切り上げるように黄瀬が微笑むので、黒子と桃井も笑顔でうなずいた。


黒子と桃井と一緒に回ることを、黄瀬は最初遠慮した。

黄瀬が桃井にだけ聞こえるように耳打ちする。「オレって、お邪魔《じゃま》虫《むし》じゃないスか？」

「え？　なんで？」

桃井は一瞬きょとんとし、しばらくしてぽっと頬を染めた。

「や、やだな、そんなっ、き……気にしないで！　一緒に回ろうよっ、うん！　そのほうが、テツ君も楽しいと思うしっ！」

「……まあ、桃っちがそう言うなら、いいんスけどね」

照《て》れて言葉を重ねる桃井に、黄瀬はにやにやと目を細める。

「んじゃあ、夜店を見に行こっか！　ちなみに、今までどこ見て回ったの？」

「とりあえず、スーパーボールすくいと、輪投げはしました。成果はこれです」

黒子はひょいと、スーパーボールでいっぱいに膨《ふく》れあがったビニール袋を掲げてみせる。

「輪投げで、テツ君がこれを取ってくれたんだよ」

桃井も抱えていたぬいぐるみを見せた。

「それ、黒子っちの趣味だったんスか……」

黄瀬が桃井のぬいぐるみを見て顔を引きつらせると、桃井と黒子が、

「いえ、桃井さんの趣味です」「え、これってかわいいよね⁉」

と、反論した。黄瀬は「うーん……」と返答に困る。

「桃っちの趣味って、よくわからないんスけど…………あ、でも、そのぬいぐるみを抱いてれば、ナンパ避《よ》けにはなるかも」

「そうかな？」

桃井はぬいぐるみをまじまじと見つめた。

「なるなる。それを目につくように抱いてれば、まあ、普通は声かけないと思うっス」

「それに目立つ黄瀬君が一緒なら、声をかけられることもないと思います」

「いやぁ、それほどでも……」

「褒《ほ》めてないです」

「えっ、そうなんスか⁉」

「私よりきーちゃんのほうが、声をかけられるんじゃない？」

「あー……でも、桃っちが一緒なら大丈夫だと思うな。持ちつ持たれつってやつで」

「……ボクって、お邪魔ですか？」

「「そんなことないよっ!!」」

桃井と黄瀬の声がユニゾンする。

そのあまりのぴったり具合に、三人は思わず顔を見合わせ、笑いあった。


大勢の人出で賑《にぎ》わう夜店を、三人は並んで歩いた。

ガラス細工《ざいく》の露店《ろてん》で足を止め、杏飴《あんずあめ》の店で水飴《みずあめ》を買い、射的《しゃてき》で腕を競《きそ》った。

夏祭りを満喫《まんきつ》する歩みだった。ある一点を除いては。

「桃っちって、マジすごいんスね」

ゆっくりと歩きながら黄瀬はしみじみと言った。

「オレと黒子っちが隣にいるのに、あんなに声をかけられるなんて」

「うぅ……」

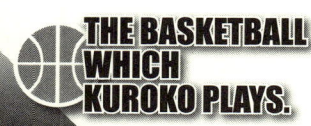

桃井は赤くなってうなだれた。

三人で歩き出してから、桃井はすでに三回もナンパされていた。その都度《つど》、黄瀬と黒子が追い払ってくれるが、申し訳なさと恥《は》ずかしさと疲労感は募《つの》る。

「毎年、夏祭りだと、こんな感じなんスか？」

「まさかっ！　去年とかは、一度もなかったもん！　青峰君だって証言してくれるよっ」

「……となると、青峰っちがボディーガード代わりだったたってことっスか？　まあ、青峰っちが一緒なら、声かけにくいスよね……」

うんうんとうなずく黄瀬に、桃井はふるふると首を振った。

「でも、青峰君が一緒じゃなくても、声はかけられなかったよ。プールのときも平気だったもん」

プールに行ったのは、去年の夏休みのことだ。

部活がない日を狙い、桃井と青峰はプールに出かけた。授業以外のプールに桃井ははしゃいでいたのだが、ふと気づくと青峰の様子がおかしい。どこか、そわそわとしているのである。しかも、やたらときょろきょろしている。

「青峰君、どうしたの？」

桃井は不思議に思い、尋ねた。そして、聞いたことを後悔した。

「青峰君たらねっ、プールって、普通はポ……ポ、ポロリがあるんじゃねーのかって、言ったんだよ！」

桃井にとっては口にするのも恥ずかしいようで、顔を真っ赤にして黄瀬に訴える。

「最低だよっ！　あのガングロクロスケは、ガングロクロスケどころか、ガングロエロスケなんだよっ！」

もちろん、プールで青峰の発言を聞いた桃井は激怒し、「もう、知らないっ」と彼と別れた。その後はひとりでプールを楽しんだが、家に帰るまでナンパされることはなかった――ということを、桃井は伝えたかったのだが、思い出とともに怒りが再燃してしまった。

戸惑ったのは黄瀬である。

桃井とナンパの話をしていたはずが、いつの間にかプールの話に移り、なぜか青峰がエロイという話になっている。柔軟《じゅうなん》さに定評のある彼だが、どう対応すべきか流石《さすが》に困った。

「えーっと、まあ、なんというか……青峰っちも男の子だし、仕方ないっつーか……」

黄瀬の苦し紛《まぎ》れのフォローに桃井が青ざめる。

「きーちゃんまで！　じゃあ、きーちゃんもそうなの!?」

「えっ、オレ!?　って、なんで桃っち、そんなに引いてるんスか!?」

「だって……！」

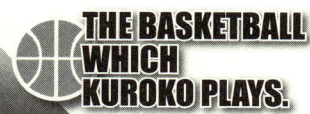

「いやでも、一般論で……ねぇ、黒子っち！」

黄瀬はとうとう黒子に救いを求めた。黒子は「え？」と目を瞬《まばた》かせた。

「あ、すみません。聞いていませんでした」

「黒子っち――!!」

黄瀬は叫び、心の中で泣いた。

「テツ君はそんなことないよねっ!?　私、信じてるからっ」

桃井が期待をこめて黒子を見つめる。黒子はきょとんとしつつも、

「信じてもらえるなら、光栄です」

と、ぺこりと頭を下げた。

黒子の紳士的態度(?)のおかげで、桃井の怒りは収まったが、今度は黄瀬が拗《す》ねてしまい、「黒子っち、ずるいっスよ」と口を尖《とが》らせた。

「なんかオレだけ責められて……」

「すみません。考えごとをしてたので、本当に聞いてなくて……」

黒子がぽりぽりと頬をかいた。

「テツ君、なにを考えていたの？」

「ちょっと気になることが……」

黒子が再度考えこむように、口元に手を当てたときだ。

「あぶないっ！」黄瀬が叫ぶ。

はっとする桃井が視界にとらえたのは、自分に向かって飛んでくる紙コップだった。

しかもコップの中には、表面張力《ひょうめんちょうりょく》にゆれる液体が——

「！」

桃井は咄嗟《とっさ》に避《よ》けることもできず、体を強張《こわば》らせる。


ズザッ！


桃井の目前を紙コップが横切った。

液体が桃井に襲《おそ》いかかる直前、横から伸びた黒子の手が、紙コップを打ったのだ。紙コップはぐんっと軌道《きどう》を変え、そのまま重力に引かれて落ち、中身を地面にぶちまけた。

「危なかったです……」

黒子がほっと息を吐《つ》く。しかし。

「おい。これはなんのつもりだ……」

「え？」

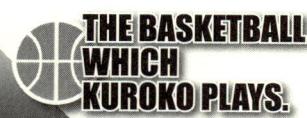

底冷《そこび》えのする声がしたほうを見ると、緑間が苛立《いらだ》ちを隠さず立っていた。

その足下《あしもと》には先ほどの紙コップが転がり、彼の足を濡《ぬ》らしている。

「げっ、緑間っち！」

「黒子、なんの真似《まね》だ……？」

「誤解です、緑間君。悪いのは、あの人です」

黒子はしれっと、自分たちの目の前で硬直している男を指さした。

確かにその男の手は、最前まで紙コップを握っていたかのような形を取っている。

「お、俺は、その、ちょっとつまずいて……」

男はしどろもどろに言う。黒子は追及するように男を見据《みす》えた。

「そうですか？　つまずいた割には体勢が不自然ですけど……それに、手の甲《こう》にある……」

びくっと男は右手の甲を左手で隠すと、「う、うっせーよっ！」と吐き捨て、背中を向けて駆け出した。

「一言、謝罪があってもいいのだよ……！」

緑間は顔をしかめると、手提《てさ》げ袋からだるまを取り出し、３Ｐ《スリーポイント》シュートを撃った。

だるまは力強く孤《こ》を描くように飛んで人混みの中へ消え、続いて「いてー――っ！」と男の悲鳴が響く。

「よし」

「よし、じゃねーっスよ！　危ないじゃないスか!!　他の人に当たったらどうするんスか！」

黄瀬が緑間に詰め寄ると、緑間は平然と答えた。

「馬鹿な。オレがゴールを外すわけがないのだよ」

「そういう問題スか!?」

「緑間君。ボク、今のだるまを拾ってきます」

「黒子っちも、心配するの、そっちっスか!?」

黄瀬は頭を抱えた。緑間に「頼む」と言われた黒子は、人混みへと駆け出す。黒子の背に、桃井があわてて声をかけた。

「テツ君！　私たち、休憩所に移動するから！　拾ったら、そっちに来て！」

「わかりました」

黒子は了承《りょうしょう》したと手を振って答え、人混みの中へあっという間に消えていく。

「なんなんスか、もう……」

黄瀬はやれやれと肩を落とした。

桃井は巾着《きんちゃく》からタオルを取り出すと、「ミドリン、とりあえずこれで軽く足を拭《ふ》いて」と緑間に手渡す。

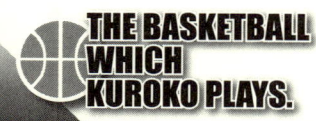

「ちょっと歩くけど、休憩所に行こ？　そこに水飲み場があったから、足を洗えるし。ね？」

マネージャーらしくてきぱきと段取りを組む桃井に、緑間も素直に従い、黄瀬を含めた三人は、休憩所へと急いだ。


水飲み場で足を洗った緑間は、休憩所の空《あ》いていた席に座っても、まだむっとしていた。

「まったく、災難《さいなん》だったのだよ。まだ下駄《げた》がベトついている」

遅れて桃井も隣の席に座る。膝《ひざ》にクマと巾着を載せ、濡らして使ったタオルをぱたぱたと振って乾かしながら、申し訳なさそうに言った。

「……なんかごめんね」

「なぜ、おまえが謝る」

肩を落とす桃井に、緑間が尋ねた。

「別におまえのせいじゃないだろう」

「そうなんだけど……。今日はすごくついてなくて、巻きこんじゃったかなって……」

「何かあったのか？」

桃井は、ぽつりぽつりと一連のナンパについて語った。

聞き終えた緑間は、眉間《みけん》に皺《しわ》を寄せて忌々《いまいま》しげに言った。

「それで、おまえは黒子や黄瀬やオレに迷惑をかけたと思っているのか？」

「うん……」

「バカバカしい。気にするべきところが違うのだよ」

緑間は腕を組むと、桃井を見つめた。

「よく知りもしない女にひょいひょい声をかける男など、たかが知れている。そんな人間に悩まされるのは、時間の無駄だ。おまえがむしろ悩むべきところは、そんなやからに邪魔をされ、無駄に過ごした時間をどうやって取り戻すかではないのか？」

桃井は目を見張り、緑間を見つめた。緑間はふんと顔をそらす。

「……ありがとね、ミドリン」

桃井は顔をほころばせる。緑間はさらに眉根《まゆね》を寄せ、手を差し出した。

「……それより、そのタオルをよこせ。洗って返す」

「いいよー、これぐらい。……あれ、そういえば、きーちゃんは？」

桃井は周囲を見回す。

緑間が足を洗っている間、一緒にいたはずの黄瀬が、いつの間にか姿を消している。

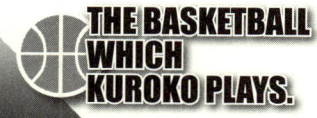

「おまえがタオルをすすいでいたとき、青峰を捜してくると言って走っていったのだよ」

「そうなの？　気づかなかった……。どこまで捜しに行ったんだろ」

さらにきょろきょろと周囲を注意深く見渡していると、休憩所の外に目を引く一団がいるのに気づいた。

恰幅《かっぷく》のいい男たちがそろいの法被《はっぴ》を着て、剝《む》き出しの足には白い足袋《たび》をはいている。

どうやら神輿《みこし》を担ぐ神輿衆《みこししゅう》らしい。

男たちは円陣《えんじん》を組むようにして、何かを話し合っている。

御神輿の打ち合わせでもしてるのかな。桃井はそう解釈して、視線を外した。

「だからっ、やんねーって言ってンだろうがっ！」

「青峰君っ⁉」

桃井は外した視線をあわてて、男たちに戻す。今の声は確かに青峰のものだった。しかも方角的にいって彼らの中から聞こえた気がする。

「ミドリン、ちょっとここで待っってて！」

桃井はそう言うと、緑間の返事も待たずに神輿衆へと駆け寄った。

「青峰君っ！」

桃井の声に、神輿衆の男たちが振り返る。同時に、その隙《すき》をついたかのように、青峰が男たちをかき分けて、姿を見せた。

「青峰君、なにしてるの⁉」

驚く桃井に、青峰は不機嫌を隠さずに言った。

「なんもしてねーよ！　このおっさんが、急に話しかけてきたんだよっ！」

青峰はそう言いつつ、男たちの中で一番年上らしき、角刈《かくが》り頭の男を睨《にら》みつけた。

角刈りの男は、青峰の視線など気にする様子もなく、むしろ面白《おもしろ》がっているようで、

「おーおー、威勢《いせい》がいいな」と豪快《ごうかい》に笑う。

そして、桃井と青峰を見比べると「やるじゃねーか！」とにやりと口角《こうかく》を上げた。

「おい、坊主《ぼうず》。彼女が来てんなら、それこそ俺たちと一緒にかっこいいとこ、見せてやったらどうだ？」

「彼女じゃねーよ！」

青峰は間髪入《かんはつい》れずに反論する。

「だから、オレは面倒なことはやんねーって言ってんだろが！」

「面倒じゃねーよ。ひと夏のいい思い出になるぞ。毎年体験できることじゃないんだからな。それによう、そんないい体してるのに、今日活《い》かさないで、いつ活かすんだよ？」

「オレは充分、バスケで活かしてる！」

THE BASKETBALL WHICH KUROKO PLAYS.

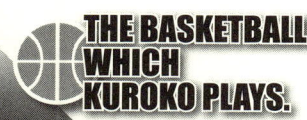

「へぇ、バスケしてんのか？　モデルの坊主と一緒だな」

角刈りの男は楽しそうに目を細めた。

呆然と話を聞いていた桃井の脳内で、別々のピースがひとつに繋《つな》がる。

「あの、もしかしてあなたって……」

桃井が言いかけたとき、

「あれー？　青峰っちと桃っち、どうしたんスか？」

まさに桃井が頭に描いていた人物——黄瀬がぱたぱたと走り寄ってきた。

「なんで、タケさんと一緒にいるんスか？」

黄瀬が桃井と青峰を見て、目を丸くする。

「やっぱり……。きーちゃんが言ってた、知り合いって……」

と、桃井は角刈りの男を見上げた。黄瀬はにこっと笑う。

「そうっスよ。オレんちの近所に住んでる、タケさんっス」

「なんだよ、涼太の友達か？」

角刈りの男改め、タケさんはからからと笑った。

「道理《どうり》でいい体してると思った」

「タケさん、青峰っちたちと何を話してたんスか？」

「いやなぁ、あんまりにもいい体してる坊主だから、一緒に神輿を担がないかって、誘ってたんだよ」

青峰は猛烈に反発した。「ぜってーオレはやんねーぞ！」

タケさんは半《なか》ば諦《あきら》め、それでも一縷《いちる》の望みをかけてか、青峰に語りかける。

「人助けだと思って、担いでみねぇか？　人手が足りなくて、困ってるところなんだよ。一度担いでみりゃ、やみつきになるぞ？」

「やんねーったら、やんねーよっ！　誰が神輿なんか……！」

青峰の「神輿なんか」が気に障《さわ》ったのか、他の神輿衆がじろりと視線を険《けわ》しくした。

「おい、クソガキ……口に気をつけろ」

「兄貴が言ってンだ、つべこべ言わずにやれや」

青峰に詰め寄るように、男たちが一歩前へ出る。凄《すご》みのある男たちに囲まれ、桃井は思わず青峰の浴衣をぎゅっとつかんだ。青峰は一歩も引かず、神輿衆を睨みつける。

黄瀬が困った顔でタケさんを見やった。彼はやれやれと頭をかく。

「……おい、てめぇら。それぐらいにしとけ」

タケさんが一段と低い声で神輿衆に声をかけた。

「俺が誘っただけだ。やる気がねぇなら、他をあたるだけだろ」

「だけど兄貴……」

神輿衆のひとりが納得いかないという顔でタケさんに言った。

「実際問題、もう少し人数が必要なんじゃ……？」

「神輿を担ぐと、お菓子がもらえたりするのか？」

会話に割って入った突然の声に、全員が振り向く。

「お菓子の特典がもらえるなら、スタミナが有り余ってる、いい人材を紹介するのだよ」

眼鏡を押し上げ、淡々《たんたん》を話すのは――緑間であった。

「りんご飴三本ぐらいでいい働きをすると思うぞ」

「本当か？　そんなんで、おめぇがやってくれんのか？」

タケさんが緑間の体格に目を輝かせる。緑間はぎくっとして、すっと顔をそらした。

「……オレではない。だが、興味があるなら、そいつに連絡しておくのだよ」

「なんでぇ、おめぇじゃねえのか。……まあ、でも紹介してもらえるのは、ありがてぇ。頼むぜ」

タケさんはにかっと笑うと、「おお、そうだ。これ、使いな」とくじ引きの引換券《ひきかえけん》を黄瀬に渡した。

タケさんたちと別れ、休憩所へと戻った四人は、なんとか空《あ》いている席を見つけ腰かけた。座った途端《とたん》、青峰はぐたっと机に突っ伏した。

「疲れた……」

「もぉ、青峰君てば、どこでどうすると、あんな状況になるの？」

桃井が呆れた声で青峰を責める。青峰は突っ伏したまま、首だけ桃井に向けて言った。

「オレのせいじゃねーよ。つか、半分はさつきのせいだろ」

「え、なんで？」

「おめーが帰ってこねーから、屋台に食いもん買いに行こうって思ったんだよ。そしたら、あいつらに声かけられて……」

青峰は、肺の空気をすべて吐き出すようなため息をついた。

「緑間、紫原を紹介するのか？」

青峰の問いかけに、緑間は「一応な」と答えた。

「紫原なら、リンゴ飴がもらえるとわかれば、喜んで手伝うのだよ」

「あれ？　そういえばムッ君は一緒じゃないの？」

桃井は少し前の記憶をたどる。確か、緑間と紫原はふたりで夜店を回っていたはずだ。

「紫原と約束した菓子類はすべておごってやったから、別れたのだよ。あいつの食欲を見ていると、こっちの食欲がなくなる」

「それはちょっとわかるっス」

緑間の意見に黄瀬が神妙《しんみょう》にうなずいた。

「それより、さつき」と青峰が桃井の名前を呼んだ。「オレの肉は？」

「あっ！」

桃井は思わず手で口を押さえる。すっかり記憶の彼方《かなた》へ飛んでいた。

えへへ……と笑って誤魔化《ごまか》す桃井を見て、青峰はまたもや机に突っ伏した。

「マジかよ……。やべぇ、腹減って死にそう……」

「大げさなんだから……。仕方ないなぁ、なにか買ってくる」

桃井がひょいと立ち上がると、緑間が呆れた声で言った。

「桃井、青峰を甘やかすな。自分で買いに行かせろ」

「いいよ。テツ君を捜しに行こうって思ってたところだし」

だるまを探しに行った黒子が、なかなかここに来ないことも気になっていたのだ。黒子の様子を見に行くついでに、青峰用に焼き鳥でも買ってくればいい。

「一緒に行こうか？」と、黄瀬が立ち上がりかけるのを、桃井は笑って制した。

「すぐ戻るから、大丈夫。待ってて！」

桃井はクマのぬいぐるみを大事に抱えて、ぱたぱたと駆け出した。

神社の参道から、その脇《わき》に茂る林へと入ると祭りの喧噪《けんそう》は一気に遠くなる。

屋台からあふれる明かりを背に、男はずんずんと林の奥へと進んだ。

木々の間を縫《ぬ》うように歩いていくと、茂みの奥から「おっ、買えたか」という声がかけられる。男を待っていたのは、彼の仲間たちだ。

彼らは木の下にしゃがみ、円陣《えんじん》を組んでいた。いつでもどこでも、彼らにとってはこのスタイルが一番楽で便利であった。下手《へた》に立っているよりも、こうやっているほうが強そうに見えるらしく、周囲の人間は勝手に怯《おび》えて避《よ》けていく。その様《さま》を見るのは愉快《ゆかい》だった。

やって来た男も仲間たちにならって、どかっとしゃがみこむ。蚊《か》が気になるが、仕方がない。今はできるだけ人目を避けなくてはいけない。

「買ってきたけどさぁ……マジでやんの？」

男は仲間たちを見回した。五人分の眼差《まなざ》しが男に注がれる。

「しょうがねえだろ、なんとかしてあの女から取り返さないといけねーんだし」

「元はといや、おめーが変なところに隠すのがいけねーんだろうが」

仲間のひとりが、戻ってきた男の頬を拳《こぶし》でぐりぐりと押す。拳をぐりぐりと動かす度《たび》に、手の甲《こう》に彫《ほ》られたトカゲのタトゥーが生きているかのように動いた。

「だから、それは悪かったって……。でも仕方ないじゃん？　ケーサツいっぱい来ちゃって、隠すにも他になかったんだって」

頬をぐりぐりされていた男が、逃げるように身をひねる。「痛いなぁ……」と頬をさするその手の甲にも、トカゲのタトゥーが彫られていた。

「ほら、早く買ってきたもん回せよ」

別の男が急《せ》かすので、最後に来た男は「これね……」と持ってきたものを隣の男に渡す。

それは露店《ろてん》で売られているお面だった。

「これで顔隠すって、俺たち冴《さ》えてるよなー。顔さえバレなきゃ、どうにかなるし」

お面を一枚取り、男は隣の男に残りを渡す。その手の甲にも、トカゲのタトゥーがあった。

「でもさぁ、あの女、目ぇ腐《くさ》ってんじゃねーの？　俺の色香《いろか》に迷わないなんて……」

「ばぁーか！　腐ってんのは、てめぇの目だろ。よく鏡見てみろ」

「うっせっ！　てめーなんか、お面より顔、でけーじゃねーかっ」

「つーかさぁ、五人もチャレンジして、ひとりも成功しないって、どういうことよ？」

「おめーも、『ジュースかけてお近づき作戦だー！』なんて言って、失敗してんじゃねーか」

男たちはぶつぶつと文句を言い合いながら、お面を回し終えた。よっこらせっと立ち上がると、「せーのっ」で一斉《いっせい》にお面をかぶる。

座っていたときは茂みの陰《かげ》で互いによく見えなかった男たちの姿が、木々の間から漏《も》れてくる祭りの光に浮かび上がる。

途端《とたん》、怒号《どごう》と笑いがあふれた。

「なんでこんな絵柄選ぶんだよ！」

むさい男たちの顔は、つぶらな瞳《ひとみ》のアニメキャラクターの顔によって覆《おお》われていた。

「だって、こんなんしか売ってなかったんだよ！」

「だーはっはっはっはっ！　やべー！　体ごついのに、顔がアニメって、キモイ！」

「おめーだって、キモイぞ！」

「ばかっ、静かにしろっ!!」

「!!」

男たちはあわてて茂みにしゃがみこむ。

「……聞かれたか？」

男たちは声をひそめ、耳を澄《す》ました。祭りの喧噪は遠い。誰かが自分たちに気づき、やってくる気配は……ない。誰ともなく、ほっと息を吐《つ》いた。どうやら気づかれずにすんだようだ。

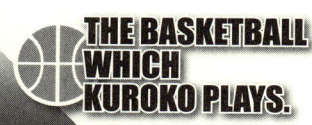

だが、気づいていないのは彼らのほうも同じだった。

木々に隠れるようにして、男たちの会話に耳を澄ます影がひとつ。

暗闇《くらやみ》と同化したかのように気配を消した存在は、男たちをじっと注意深く見つめている。

やがて男のひとりが「うまくいきゃ、ブツだけ。騒いだら、女もだ。ＯＫ？」と、他の男たちに確認するのを聞き届けると、影はそっとその場を離れようとした。

しかし、その動きがぴたりと止まる。

かさりかさりと落ち葉を踏みしめて、誰かがこちらへと歩いてくるのが見えた。

男たちも気づき、「おい、あれ……」と、口の端を嬉《うれ》しそうに上げる。

彼らが視界にとらえたのは、木々の間を歩くえんじ色の浴衣を着た少女だった。


黒子の姿を捜し求め、桃井は参道から逸《そ》れて林の中へと足を踏み入れていた。

だるまが転がったと思われる場所には、黒子の姿が見当たらなかった。

もしかして林の中に転がりこんだのを、探しているのかもしれない。桃井は徐々《じょじょ》に薄暗くなる林の中を目をこらしながら、ゆっくりと歩いた。

かさりかさりと桃井が踏みしめた落ち葉が鳴る。聞こえる音はそれだけ——

ガサガサガサガサガサ！


突然、落ち葉を乱暴に踏みしめる音が背後に響いた。

「テツ君？」

桃井はさっと振り返り、目を疑った。

暗がりの中、かわいらしいアニメキャラのお面をかぶった男が六人、立っていた。

「……え？」

あまりのことに桃井は状況が理解できず、動きを止めた。

それがいけなかった。お面の男たちは、ザッとばらけると桃井を取り囲む。

「えっ、えっ⁉」

桃井がわけもわからず首を巡《めぐ》らす。そして囲まれたとわかった瞬間、目の前の男が動いた。

「こいつは返してもらうぞ」

お面の奥からくぐもった声がし、男は桃井が抱きしめるクマのぬいぐるみを奪い去った。

「返して！」

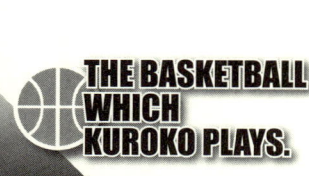

桃井があわてて腕を伸ばすが、男はさっと自分の背中に隠した。

「はい、ざんねーん」

お面の奥で、男が笑った。

「……いえ、返してもらいます」

「んあ？」

突然の声に男が振り返る。が、それより早く、男の手からクマのぬいぐるみが奪われた。

同時に、桃井は腕を引っぱられ、男たちの輪《わ》から抜け出す。

一瞬の動きに、男たちは目をしばたたいた。まるで見えない力が、ぬいぐるみと少女を引っぱったかのように見えたのだ。

そんな馬鹿《ばか》な……と男たちは目をこすろうとして、お面に手をぶつけた。

「大丈夫ですか、桃井さん」

「テツ君⁉」

いつものことながら、突然現れた黒子に桃井は驚きの声をあげた。片手にクマのぬいぐるみ、もう片手で桃井の手首をつかんだ黒子は、桃井を安心させるように小さく笑いかけた。

「桃井さん……逃げますよっ」

「えっ⁉」

黒子は桃井の腕をつかんだまま、走り出す。

「待ちやがれっ!!」

一瞬反応が遅れた男たちも、黒子と桃井の後を追って駆け出した。

黒子は、桃井をつかんでいた手を離すと、懐《ふところ》から何かを取り出し、男たちへと投げつける。

「うおっ!?」

咄嗟《とっさ》のことに、男たちは思わず足を止め、手で頭を守った。その彼らを、弱い衝撃が襲う。

「へ？」

頭にやっていた手を下ろし、いぶかしげに見回す男たちの周りで、色とりどりのスーパーボールが跳《は》ねていた。

「なんだこりゃ！」

「なめやがって！」

男たちはさらに憤《いきどお》り、黒子たちを追いかける。

相手の隙《すき》をついての逃亡だったが、黒子たちは圧倒的に不利だった。慣れない下駄が走るのを邪魔する。桃井は背中に迫る怒号に身をすくめた。

だがそこへ、思いがけない助《すけ》っ人《と》が姿を見せた。

「黒子っち〜！　いないんスかー？」

「黒ちーん？」

黒子は珍《めずら》しく大きな声で彼らの名を呼んだ。

「黄瀬君！　紫原君！」

「あ、黒子っち！　……はぁぁっ⁉」

黄瀬は黒子と桃井、そしてそのうしろの迫る、お面軍団に思いっきり仰《の》け反《ぞ》った。

同じ光景を見た紫原は「うわぁ、変なの来たー」とまともな感想を述べた。

「紫原君！　パスです！」

黒子は紫原にぬいぐるみを投げつける。紫原は受け取ると、ほいと黄瀬に渡した。

「は？　なんで？」

「逃げて下さい！」

「はぁ⁉」

「きーちゃん、ムッ君と一緒に逃げて！」

桃井にも急《せ》かされ、「なんなんスか、もーっ‼」と叫びながら、黄瀬は走り出した。

「えー、走るのー？」

やはり状況を理解できていない紫原も、ひとまず黄瀬を追いかける。

黄瀬は参道へ出ると、休憩所のある右へと走った。黒子はわざと左へと進路を取る。

「逃がすかーっっ‼」

お面軍団は黄瀬たちを追い、参道を爆走した。

休憩所から少し社殿《しゃでん》へと移動した場所で、緑間はイライラとしながら黄瀬が戻るのを待っていた。

黄瀬が、なかなか戻らない黒子と桃井を捜しに行くというので、ついでに紫原も捜してこいと言って送り出してから、ずいぶん経《た》つような気がする。

緑間の背後では、タケさんが「おーい、もう御神輿《おみこし》出るぞ?」と待ちくたびれていた。

参道の脇《わき》には金色に輝く鳳凰《ほうおう》を頂上にあしらえた豪華《ごうか》な神輿が、その出番を待っている。

周囲に集まった神輿衆《みこししゅう》も、屈伸《くっしん》や体を伸ばすなどして、気合い充分だ。

「なぁ。そいつが来なかったら、おめぇが担いでくれりゃ、こっちは問題ないからな」

タケさんの発言を緑間は故意《こい》に無視する。このまま紫原が来なければ、本当に自分が神輿を担がされかねない。緑間の苛立《いらだ》ちはより一層高まった。

背後で「じゃあ、そろそろ行こうか、みんな」とタケさんが号令をかける声と、シャンと鳴り物の鈴の音が聞こえた。いよいよ神輿が出るらしい。

緑間はびくっと肩を揺らし、いつでも逃げられるように間合いをはかった。

その時だ。

「緑間っちー!!」

「黄瀬！」

待ちわびた声が聞こえ、緑間は人混みの中に声の主を探し求め——絶句した。

黄瀬が全力疾走《ぜんりょくしっそう》でこちらへと走ってきている。その隣には紫原も併走《へいそう》している。

だが、なぜかうしろにアニメキャラのお面をかぶった男たちを引き連れているのだ。

お面をかぶった愉快《ゆかい》な男たちは、その外見に反して、「待ちやがれー！」と不穏《ふおん》なことを叫んでいた。

「なにをやっていたのだよ！」

「オレもわからないっス！」

緑間は忌々《いまいま》しげに舌打《したう》ちした。だがその瞬間、名案が浮かぶ。

「紫原！」

「んー？」

緑間に呼ばれ、紫原は眠そうな目を緑間へと向けた。

「そいつら《お面の男たち》を、ここにぶちこむのだよ！」

緑間はまっすぐに、今まさに御輿を担ぎ上げたタケさんたちを指さした。

「え？」

と、驚いたのは黄瀬だ。紫原はなんの躊躇《ちゅうちょ》もなく「うん」とうなずいた。


ぐるんっ。


紫原は軸足《じくあし》でターンすると、お面軍団と向き合った。その勢いと圧力にお面の男たちは、

「うおっ！」と、思わずたたらを踏んだ。

追いかけていたときは夢中で気づかなかったが、こうやって向き合えば、身のすくむような巨体が自分たちを見下ろしていた。男たちは本能的に身の危険を感じ、立ち止まった。

だが本能はときとして自《みずか》らを守らない。

「よいしょ」

紫原は凝固《ぎょうこ》する男たちの腕を無《む》造作《ぞうさ》につかむと、まるでぽいとゴミを投げ捨てるように、次々とタケさんたちのほうへと投げ飛ばした。

男たちは悲鳴をあげながら、タケさんたちにぶつかった。

「……おい、痛いじゃねぇか」

急にぶつかってきた不届《ふとど》き者たちを、タケさんがギロリと睨む。

「てめぇ、兄貴になにさらすんじゃぁ！」

敬愛する兄貴分を傷つけられ、屈強《くっきょう》な神輿衆もじろりとお面軍団を睨んだ。

「ひぃぃっ!!」

お面の男たちは身をすくませた。とどめは緑間の一言だった。

「タケさん、そいつらが御神輿を担ぐと言っているのだよ！」

途端、タケさんの顔がにこやかな笑顔へとシフトする。

「なんだ、そうかい！　そりゃあ、かわいがってやらねぇとな！」

逃げだそうとするお面の男たちはがっしりとした腕につかまれ、もみくちゃにされながら神輿の担ぎ棒の下へと誘われていく。またも悲鳴をあげたようだったが、それが聞こえることはなかった。神輿を担ぐ男たちの威勢《いせい》のいい声が、祭りの最高潮《さいこうちょう》を告げるように響きわたったからだ。

「なんだったんスか……もう」

参道を進んでいく神輿を見送り、黄瀬はうんざりとして言った。

「それはオレのセリフなのだよ。いったい、何をしていたんだ」

緑間が眼鏡を押し上げながら尋ねる。

「それがオレにもさっぱり…。黒子っちから、これ持って逃げろって言われただけで……」

黄瀬がクマのぬいぐるみをしげしげと見つめる隣で、紫原がふあぁあと欠伸《あくび》をした。

「ミドチン、オレに用があるって聞いたけど？　……あの人たちってなに？」

紫原の疑問ももっともだが、その問いに答えられる者はこの場にいない。

「オレも知りたいのだよ……」

緑間は大きく息を吐いた。

「黒子っちがいれば、少しはわかるんスけど……」

「ここにいますよ」

「どわぁっ！」

黄瀬が思わず飛び退《の》く。彼の背後には、いつの間にか黒子と桃井が立っていた。

今までどこかに隠れていたらしく、ふたりの息は整っている。

「黒子っち！　ちょっ、なんだったんスか、あれ!!」

食ってかかる黄瀬を黒子は手で制し、「ちゃんと説明します」と言った。

「もしもボクの推測《すいそく》が正しければ、すごいものが見られますよ」

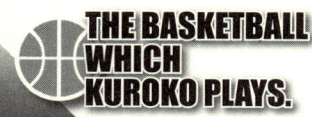

休憩所へ移動した一同は青峰と合流し、その一角に座った。誰もが黒子の説明を聞きたがったが、さっぱり話の見えていない青峰にまずは事のあらましを語って聞かせた。

「おもしれーこと、やってたんだな！」

それが青峰の感想だった。青峰は笑うが、当の本人たちにとっては笑いごとではない。果たして、自分たちは何をしていたのか。なにに巻きこまれたのか。

「テツ君、あの人たちはいったい誰なの？」

桃井は黒子に尋ねた。黒子はきっぱりと答えた。

「桃井さんをナンパしてきた人たちです」

「え？」

黒子以外のメンバーがきょとんと呆《ほう》けた。桃井が理解できないといった顔で尋ねる。

「ナンパって……今日いっぱいあった、あれ？」

「そうです。正確には、たこ焼き屋の前でされたものから、ジュースをかけた人までですね」

「ジュースって、緑間っちが濡《ぬ》れたやつっスよね？　あれはナンパじゃないスよ？」

黄瀬の疑問に、黒子はうなずいた。

「そうです。でも、彼も仲間でした。気づいてましたか？　あの人たちに共通点があるのを」

黒子は自分の手の甲を指さして言った。

「ここにトカゲのタトゥーがあったのを、見ませんでしたか？」

「そういえば……！」桃井がはっとして声を漏らした。

確かにたこ焼き屋の前で声をかけてきた男の手には、トカゲのタトゥーが彫られていた。

黒子がその共通点に気づいたのは、桃井が三度目のナンパをされたときだという。

あの黄瀬が一緒にいるのに、桃井を堂々とナンパする男の強引さに違和感《いわかん》を覚え、相手を観察しているうちに、その手の甲が目についた。

「最初は偶然かと思ったんですけど、四回目の人もやっぱりトカゲを彫っていたので、ちょっと変だなって」

決定的におかしいと思ったのは、やはりジュースの一件だ。

わざと転んだように見せかけ、桃井にジュースをひっかけようとしたことは、すぐに理解できた。だが、ナンパの変化球にしては、少々引っかかるものを感じる。

試《ため》しに「手の甲……」とかまをかけてみたところ、ジュースの男はあわてて逃げて行った。

おかげで、やはり一連のナンパは同一グループによるものだと確信できたらしい。

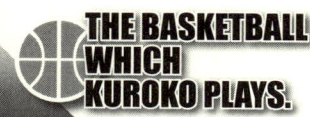

そうなると、やはり確認したくなる。黒子はひとりで事情を探ってみることにした。だるまを探しに行くふりをして、桃井たちと別れ、トカゲのタトゥーを彫った男を捜した。幸運にも、お面の露店で買い物をする男を発見できたので、そのあとをつけて行き、林の奥で彼らの秘密の会話に聞き耳を立てていた、というのだ。

「だから、林の中ですぐに私を助けてくれたんだ……」

桃井は驚きに目を丸くして、黒子を見つめた。

「黒子っちって、ほんっとそういうとこ大胆《だいたん》だよね……」

黄瀬は机に頬杖《ほおづえ》をつき、半ば呆れ、半ば感心した顔で言った。

「それで、やつらの目的はなんだったのだよ」

緑間が先を急《せ》かす。

「彼らの目的は、桃井さんからこれを取り戻すことでした」

そう言うと黒子は、机の上に置かれたクマのぬいぐるみにポンと手を置いた。

「え、これ？」

桃井はぬいぐるみを見つめる。他のメンバーには不評のようだが、彼女にとっては、かわいいクマのぬいぐるみにしか見えない。

「彼らは、このぬいぐるみに大事なものを隠した、と言っていました」

「隠す……？」

黒子はぬいぐるみを手に取ると、ひょいと裏返した。

そして、ぬいぐるみが背負う小さなリュックのふたを開け、そっとぬいぐるみを傾ける。

ころころころ……と、黒子の手のひらに、中に詰められていたものが転がり落ちた。

「！」

桃井たちはそろって目を丸くする。

「……見られましたね、すごいもの」

黒子は微笑み、手のひらで輝くルビーやダイヤの宝石を見つめた。


後《のち》にわかったことだが、お面の男たちは夏祭りの前日に宝石店に盗みに入った窃盗団《せっとうだん》だったらしい。窃盗団と言っても初犯だったらしく、その盗みはお粗末《そまつ》なものだった。宝石店に入り、盗み出したはいいが、すぐに警察に通報され、緊急配備されたパトカーに恐れをなして、あわてて宝石を隠したのが、露店近くに積まれた不用品と書かれた箱だった。しかしその箱の中身は、実は景品として利用されていて……というのが、事の発端《ほったん》だったようだ。

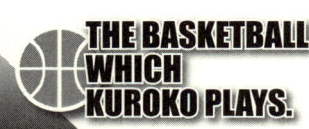

宝石を警察に届けた黒子たちが、事情聴取《じじょうちょうしゅ》から解放されたときには、夜九時を回っていた。

送っていくよという警官からの申し出を断り、黒子と桃井は警察署をあとにした。

「なんか慌《あわ》ただしかったなぁ……」

からころと下駄を鳴らし、桃井が疲れた声でつぶやいた。

「そうですね。事情聴取にけっこう時間を取られました……」

黒子も小さくため息をつく。

そろってとぼとぼと歩いていると、「よぉ、終わったのか?」と前方から声をかけられる。

見ると、道路脇の植えこみに、青峰、黄瀬、緑間、紫原、そして赤司までもが座っていた。

「みんな、どうしたの⁉」

桃井は驚き、黒子とふたりであわてて駆け寄る。

「ふたりを待ってたんスよ」

黄瀬がさわやかに笑う。

「ずいぶんと時間がかかったな。もっと効率よく説明はできなかったのか?」

緑間が腕組みをしたまま、文句を言った。

「ふ菓子、食べる?」

紫原が両手いっぱいに抱えたお菓子の中から、ふ菓子を取り出す。

「ふたりとも、大変だったな。犯人に灰崎《はいざき》のような奴がいなかったのは、不幸中の幸いだ」

赤司が短く労《ねぎら》った。

待っていてくれたんだ。桃井は胸の奥がほのかに温かくなる。

「んじゃ、行くか」

青峰が立ち上がり、大きく伸びをする。ぞろぞろと他のメンバーも腰を上げた。

「行くって、どこへ？」

「花火しようぜ、最後によ」

青峰が言うと、黄瀬が道路に置いた、お徳用《とくよう》花火セットを持ち上げて言った。

「夏祭りの最後は楽しく花火が定番っスよ！」

「一日の終わりが警察じゃ、かわいそうだからな」

赤司が薄く笑う。

桃井は、黒子を振り返った。黒子がにこっと微笑む。

「行きましょう、桃井さん」

「テツ君……」

桃井はうなずこうとして、はっと動きを止めた。

「私、そろそろ帰らないと……門限が……」

時計はすでに九時を回っているのだ。桃井家でも帰りを待っているに違いない。

「さっちん、帰っちゃうの?」

紫原が残念そうに眉を下げた。

「確かに女子が外を出歩いていい時間ではないのだよ」

「えーっ、緑間っち、頭固いッスよー! 夏休みぐらい、いいじゃないスか。明日から、また部活で忙しいんだし」

「でも、桃井さんのご家族に心配をかけては……」

男子陣が口々に意見を述べ合う。やがて赤司が口を開いた。

「黄瀬、ケータイを持ってるな?」

「へ? ああ、もちろん」

黄瀬が帯《おび》から、ケータイを取り出す。それを見ると、赤司は青峰に振り向いた。

「青峰、やるべきことはわかってるよな?」

「はぁ? なんだよ、それ」

青峰が不満顔で頭をかく。赤司はすべてを見通すように目を細めた。

「せっかくここまで待ったんだ。計画を潰《つぶ》すのは忍びないじゃないか」

「……ったく、しょうがねえなぁ」

青峰は黄瀬からケータイを奪うと、桃井に「ほれ」と渡した。

「青峰君？」

「家に電話しろよ。んで、帰りが遅くなるけど、オレが家まで送るっつっとけ」

「……いいの？」

「いいから早くかけろ」

青峰が苛《いら》ついた声で言うので、桃井はあわてて家に電話をかける。

電話のコール音を聞きながら、桃井は空を見上げた。

夜空は澄み、星がきらめいている。きれいな夜だ。

黒子の言葉が脳裏《のうり》に蘇《よみがえ》る。


――すごいものが見られますよ。


確かに、すごいものは見られた。

けれど、もっとすごいものが、もっときれいなものが、今夜は見られそうな気がする。

桃井は期待に身を委《ゆだ》ね、瞳を閉じて電話が繋《つな》がるのを待った。

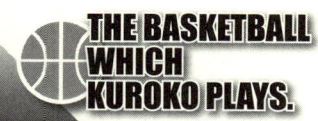

第2G《ゲーム》
誠凛高校バスケ部、始動!!

私立誠凛《せいりん》高等学校。

新設されたばかりのこの学校に、当初男子バスケ部は存在しなかった。

けれど、あの年の春。

『じゃあ、創《つく》ろうぜ』と新入生の木吉鉄平《きよしてっぺい》が、同じく新入生の日向順平《ひゅうがじゅんぺい》に声をかけたことから始まった創部《そうぶ》への動きは、伊月俊《いづきしゅん》、水戸部凛之助《みとべりんのすけ》、小金井慎二《こがねいしんじ》が入部したのち、最後にその日向がバスケ部に入ることを決めて、一つの結実を見せる。

そして屋上での鮮烈すぎるバスケ部の決意表明から、数日後——


誠凛高校の廊下で、相田《あいだ》リコが日向順平に「バスケ部に必要なものを買うから、つき合ってよ」と頼んだとき、返ってきた言葉にリコは思わず目を見張った。

「放課後だよな?　学校帰りに行くなら、校門で待ち合わせでいいか?」

日向は了解の意を表する代わりに、約束を自分から取り決めてきたのだ。

――本当は、もっと嫌な顔をするかと思ったのに。

リコは日向の顔をまじまじと見つめる。先日、金髪から黒に染め直された髪は、まだどこか重そうな色だ。

「なんだよ？」

リコの視線が髪に注がれているのに気づいた日向が、不満げに顔をしかめる。

「金髪のほうがよかったとか、今さら言うなよ」

「そんなこと言わないって。まあ、あの髪型も笑えてよかったけどねっ」

「笑いとるために染めてたんじゃねーよ！」

むっとした日向の肩を「気にしない気にしない！」とリコは笑って叩《たた》き、その場を離れた。

自分の教室へ戻りながら、リコは思わずスキップしそうになり、はっと我《われ》に返る。

さすがに校内での、しかも人の多い昼休みの廊下でのスキップはあまりに目立ちすぎる。

ただでさえ誠凛バスケ部の関係者は、先日の『朝礼ジャック爆弾宣言』で話題の的《まと》になっている。これ以上、変な噂《うわさ》が立っては困る。リコは気持ちを落ち着けようと、深呼吸した。

それでも。自然と口元に笑みが浮かんでしまうのは、やはり嬉《うれ》しいのだから仕方ない。

高校に入学してから髪を染め、無理矢理バスケに距離を置こうとしていた彼を、リコは苛立《いらだ》たしく、ただ見つめるだけだった。その日向が買い出しにつき合うことに難色《なんしょく》を示さ

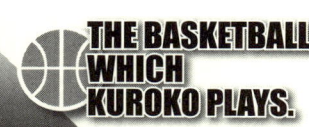

なかったということは、彼がまたバスケと本気で向き合い始めたということだ。

本気出すのが、遅いのよ。リコは心の中でつぶやく。

心配させた分は、きっちり練習でしごくつもりだ。なにしろスポーツ選手にとって、体をなまらせることは、大敵《たいてき》である。リコは脳内で構想中の練習内容に「日向君特別メニュー（死なない程度に）」の項目をつけ加えると、自分の教室へと急いだ。

放課後、校門で待ち合わせたリコと日向は、まずはドラッグストアへと向かった。

「湿布《しっぷ》、消毒液、テーピングは固定用と伸縮性のと……」

リコは店内を早足で進み、目的の品を手に取ると、次々日向の持つ買い物籠《かご》へと放りこむ。

「早《は》えーなぁ……」

「え？　なにが？」聞き返すリコに日向は視線を棚《たな》に向けて答える。

「いや、もっといろいろ迷うのかと思ったからさ」

ドラッグストアの店内は商品にあふれ、つい購買意欲を刺激されるラインナップだ。けれど、リコが品物を選ぶ手に迷いは一切《いっさい》なかった。

「下調べしてるからね。せっかくもらった部費を無駄に使いたくないでしょ」

「そらそーだが」

「さ、この店での買い物はこれで終わり。会計して、次の店に行くわよ！」

日向を荷物持ちにして、リコはこのあと二件ほど店を回ったが、どの店でもリコの買い物は早く、あっという間に買い出しは終了となった。そしてあっという間に重量を増した買い物袋を両手に提《さ》げて、日向は改めて「早ぇーなぁ」とつぶやく。

「オレ、女の買い物ってもっと時間かかるかと思ってたわ」

「ものによるんじゃない？」

会計を済ませ、店の出入り口へと進みながらリコが答える。

「私だって、服を買うときはもっと悩むわよ。今日の……そうね、プラス十五秒ぐらい」

「それでも早ぇぇよ！　どんだけ即決してんだ」

「だって、何かを買う理由って、結局は『欲しいか』『欲しくないか』、『必要か』『必要ないか』でしょ？　あとはその時の『状況』と『条件』で決まるじゃない」

「どこまでも論理派だな、リコは……」

日向は呆《あき》れて肩をすくめた。その様子に「えー、そうかな」とリコは楽しげに笑い、店を出る。外はまだ明るく、日没まではまだ時間があった。

次いで出てきた日向に「どこかに寄ってくか？」と言われ、リコは「え？」と振り返る。

「飲み物ぐらい、おごるよ」

「えー、なにそれ。どうしたの？」

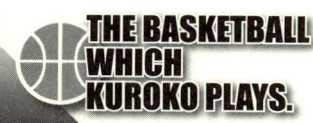

リコが目を丸くして日向を見返す。日向は少し言いづらそうに視線をそらした。

「……まぁ、そのなんだ、礼みたいなもんだよ」

「お礼？　なんの」

「その、いろいろと面倒《めんどう》かけてるからさ。バスケのことで。それに、これのこととかも」

日向は両手の荷物を軽く掲《かか》げてみせる。リコは日向を見つめていたが、ぷっと吹き出した。

「やだ、もー！　そんな気遣《きづか》い、らしくないよ、日向君！」

「らしくない!?　な、なんだよ、それ！」

「バスケ部の監督を引き受けたのは、面白《おもしろ》そうだったからよ。バカみたいな本気を、特等席で見物するには監督が一番でしょ」

「バカって、おまえな……」

むっとする日向に、リコは悪戯《いたずら》っぽく目を細める。

「屋上での宣誓《せんせい》。あれ、私は本気にしてるからね。今さら、『なしでした』は聞かないわよ？」

「言わねーよ、そんなこと。バスケで日本一になる。絶対にな」

でないと、あいつ《木吉》に勝ったことにならねぇ、と闘志《とうし》を燃やす日向を、リコは楽しげに見つめて、「さ、帰ろう！」と踵《きびす》を返した。

「家に帰って練習のメニュー表を完成させないといけないし……あ」

一歩踏み出したリコの体が、ぴたりと止まった。視線は今出てきた店のショーウインドウに注がれている。リコの視線を追いかけ、日向もつられてショーウインドウを見つめた。

しかし、一体何にリコが注目しているのかわからず、目を泳がせる。

「これ、いいよね……」

リコが心を奪われたような声で、ショーウインドウを指さした。おかげで、日向にもようやくそれが何か理解できた。できたはいいが、今度は別の疑問が頭をもたげる。

「はぁ？　そんなの、どこがいいんだ？」

「なに言ってるの！　この色！　フォルム！　利便性！　理想的だわ！」

「へぇ、そんなもんか……げっ、なんでこんな高いんだ!?」

日向は値札《ねふだ》を見て、うめく。高校一年生が簡単に手を出せる値段のものではなかった。

リコも同じことを考えていたのだろう、

「そうなのよー、この値段はちょっと高いわよねぇ……」

とぼやき、歩き出した。

「え？　買わないのか？」

あっさりとした反応に驚き、日向が尋《たず》ねると、「その値段は私の『条件』には合わないから」と答えが返ってきた。

THE BASKETBALL WHICH KUROKO PLAYS.

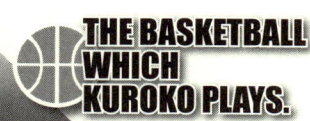

日向はショーウインドウに一瞥《いちべつ》をくれると、リコの後を追い、並んで歩く。

「でも、欲しいんだろう?」

「『欲しい』けど、絶対『必要』ってわけじゃないわ」

「ふーん……」

「それより日向君、準備はいいの?」

「ん、なにが?」

突然変わった話題に日向が聞き返した。その様子にリコがむうと口を尖《とが》らせる。

「決まってるでしょ! 明日の準備よ! 明日はバスケ部初日! わかってるの!?」

念押しするように、リコの肘鉄《ひじてつ》が日向の脇《わき》に容赦《ようしゃ》なく決まる。

「わ、わかってます……」

両手を荷物でふさがれ、ノーガードだった脇への一発はとてつもなく痛かった。

翌日。朝の通学路で日向と会った伊月は開口一番《かいこういちばん》、こう言った。
「なにかあったのか?」

「あ？　なにが？」

「悩みがあるって、顔に書いてあるぞ」

伊月の指摘《してき》に、日向は咄嗟《とっさ》に片手で頬《ほお》を隠す。しかし、あまりにも勢いがつきすぎて、バシッと小気味《こきみ》のいい音が鳴る。

「いてっ！」

「日向……なにをやってるんだ？」

「うっせーな！　そんなこと言われっと、思わず隠したくなんだよ！」

日向の弁解に、伊月は少し眉尻《まゆじり》を下げて苦笑する。

「で？　なにを悩んでるんだ？」

伊月の静かな笑顔に、日向はむすっとするが、諦《あきら》めたように深く息を吐《は》いた。

別に話せない内容ではない。単に伊月に見透《みす》かされたのが少し悔《くや》しかっただけなのだ。

日向は、昨日リコと一緒に買い物に出かけたこと。その最後の店で、彼女が欲しそうにしつつも諦めたものがあることを、手短に話した。

「リコには、これから世話になるから、なんつーか……お礼、的なものをと……」

「なるほどね……。いいんじゃないかな」

聞き終えた伊月は顎《あご》に拳《こぶし》をあて、うんとうなずく。

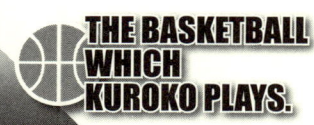

「どうせ贈るなら、相田が喜ぶものがいいし。でも、意外なものを欲しがるんだな」

「だよな。まあ、あいつなら、あり得るっつーか……。でも値段がなー」

日向が自分の短かった不良時代に無駄にお金を使ったことを悔《く》やみ、「くそっ、オレのクレーンゲーム能力が高けりゃ、信玄《しんげん》取るのに三千円も使わなくてすんだのに……！」と呻《うめ》いていると、伊月が「そう悩む必要ないじゃないか」と笑った。

「日向、こういうときこそチームだろ？」

「へ？」

伊月は学生服のポケットから携帯電話を取り出すと、軽く振ってみせる。

「相田はバスケ部の監督なんだから、オレたち部員全員でプレゼントすべきじゃないかな」

伊月は「みんなに連絡してみるよ」と携帯のメールを打ち始めた。その隣で、日向は伊月が転ばないか気にしながら、「そうか、チームか……」と心の中で繰り返す。

伊月の連絡メールに、すぐに返信をしてきたのは小金井だった。


『いいよー(^_^)b いつ買いにいくのー？ (∨_∧) あとね、水戸部もオッケーだってさ！』

小金井からのメールを見せてもらった日向は「顔文字だらけだな……」と感想を漏《も》らし、

ふと浮かんだ疑問を口にする。

「あのさ、水戸部ってやつ……。しゃべったとこ、見たことないんだけど」

「んー、オレも声聞いたことないな。でも小金井君がいるから問題ないらしいよ」

「そういう問題か!?」

「そういう問題だろ。それにオレは別に気にならないし……。強《し》いて言えば、いつか、オレのダジャレで水戸部君の笑い声が聞けたら、すごいだろうなって思うぐらい」

「それはすごいだろうな。でも、一生ないから安心しろ！」

小金井以降、メールの返信はなかった。代わりに木吉は自《みずか》らやってきた。

「よ！　リコにプレゼント買うんだって？」

日向と伊月が教室に入ると、日向の席の前で木吉がにこやかに迎えた。

「なんでおまえがここにいんだよ！」

日向が睨《にら》むと、木吉は気にした様子もなく天真爛漫《てんしんらんまん》に笑う。

「来たほうが早いかと思ってさ」

「メールのほうが何万倍も早いわ！」

「そうか？　でもオレ、手が大きいから、メールとか打つの面倒なんだよ」

「嫌味か!!」

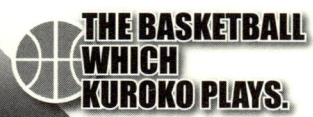

「……日向、そういちいち目くじらを立てるな」

伊月が日向を諫《いさ》める。出会いが出会いだったせいか、日向の木吉に対する対抗心は、いまだに強かった。しかし日向がいかに声を荒らげようとも、木吉はそよ風が吹いたほどにしか感じないらしく、「それで、リコへのプレゼントのことだけどさ」と、話を元に戻す。

「今日、買いに行くだろ？」

「「今日!?」」

日向と伊月がそろって声を裏返らせた。

「今日は何の日か、おまえわかってんのか!?」

「バスケ部の練習初日に遅刻したらまずいと思うぞ」

日向と伊月が次々と反論する。それでも木吉は、「大丈夫。練習が始まる前に買って戻ればいいんだから」と無邪気に笑い、暢気《のんき》な顔で日向と伊月を黙らせる決定的一言を続けた。

「リコへのプレゼント、渡すなら今日が一番だろ？」

確かにお礼としてプレゼントを渡すなら、練習初日の今日がベストと言えた。しかもリコが欲しがっているものを考えると、まさに今日こそ、意味がある。

木吉はいつも正論を言う。人が避けて通りたくなることも、暢気に笑って「なんとかなるよ」と言ってのけ、そして実際になんとかしてしまうのだ。日向は木吉のそんなところも、認めたくはないが「すごい」と思っている。思ってしまう分、木吉が気に入らない。
伊月が返す言葉をなくした隣で、「だから、おまえは嫌いなんだ！」とか「『鉄心《てつしん》』ての
は、本当は頑固《がんこ》なだけだろ！」とか言いつつも、日向も異論を唱《とな》えることはなかった。

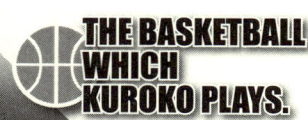

放課後を知らせるチャイムが鳴ると同時に、誠凛バスケ部五名はダッシュで校門前に集合した。全員が運動部出身であるため、行動は迅速《じんそく》だ。おかげで、買い物に行って、練習が始まる前に帰ってくるのに充分な時間が確保できた。

「なんかさー、こうやってみんなで一緒に歩くのって初めてだよねー」

目的の店まで徒歩で移動する最中、小金井がにこにこしながら言った。

そういえばそうか、と日向はあらためてメンバーの顔を見回す。その拍子《ひょうし》に水戸部と目が合ってしまった。

今まで話したことがない（むしろ、話してるところを見たことがない）水戸部との思いがけないアイコンタクトに、日向は一瞬ひるむ。

変に目をそらすのも悪いよな。でもこのまま見つめ合うのも変だろ。次に取るべき行動

を考えてしまった日向だが、当の水戸部は控《ひか》えめに微笑《ほほえ》むと、ぺこりと会釈《えしやく》した。

日向も遅れて、軽く会釈する。

これで……いいのか？

日向が水戸部との初めての会話(?)に、手応《てごた》えを感じていいのか迷っているうちに、

「水戸部、水戸部～！　木吉の手、超でかいよ！　大きさ、比べてみ！」

小金井に話を振られた水戸部は、無言で木吉と手の大きさ比べを始めていた。

変わった奴だなぁ。そんな印象を抱きながら、日向は水戸部から視線を外す。

その五分後。日向は水戸部に対する認識を百八十度変えることになる。

「えっ⁉　木吉って『テッシン』って呼ばれてんの⁉　なんで？　鉄道オタクだから？」

「オレって鉄道オタクだったのか⁉　マジで⁉」

「おまえが驚くな！　小金井、『鉄心』というのは、木吉のプレーに由来《ゆらい》してて……」

「そうだったのか⁉　オレはてっきり、名前の鉄平から来ているのかと……」

「いや、それもあるかもしれないけど！　つーか、めんどくせーよ、おまえら！」

日向は木吉と小金井に順次ツッコミを入れる。一緒に歩き出して五分もしないうちに、矢継《やつ》ぎ早《ばや》にとぼけた発言を繰り返す二人に対し、日向はすっかりツッコミ役となっていた。

そんな日向の傍《かたわ》らで、

「……買い物するなら、かぁいいものを買え！　キタコレ！」

「きてねーよ!!」

繰り出される伊月のダジャレにも、ツッコミを入れ続ける。

買い物に出かけてまだ十分も経《た》っていないのに、日向は疲労感を覚えていた。

もしかして、この先ずっとこうなのか……という嫌な予感が日向の脳裏《のうり》をかすめる。

そんな彼の心境などつゆ知らず、「なんか来たのか？」と木吉がきょとんとして尋ねれば、

「あっ、あれじゃね？　向こうからショベルカーが来てる！　カッコイイ!!」

「ああ。働く車はどれもいいよな」

木吉と小金井がまたも明後日《あさって》な方向へ話を進めていくのを、『聞き流す』という技《わざ》を早《さっ》速《そく》覚えた日向は、水戸部に対する認識を改めた。

この面子《メンツ》なら、ひとりぐらいしゃべらない奴がいて、ちょうどいいぐらいだ……！

水戸部凛之助の無口は実に得難《えがた》いものだと実感した日向は、木吉と小金井の暴走する会話におろおろとした表情を浮かべる水戸部に、心の中でグッジョブと賞賛を贈るのだった。

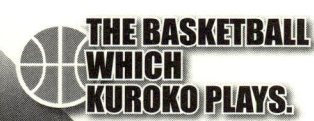

目的の店でひとり二千円ずつ出し合って買ったプレゼントは、リボンを結んで小さな手提《て》げ袋《さ》に入れてもらった。

来た道を戻りながら、日向は時計を確認する。練習開始時刻には間に合いそうだ。

歩道橋を渡っていると、反対側から誠凛の制服を着た男子が一人、歩いてくるのが見えた。

彼の姿を見つけた木吉は嬉しそうに笑うと、大きく手を振って「おーい！」と声をかけた。

彼も木吉に気づいたらしく、人のよさそうな顔に笑みを浮かべ、手を振り返してきた。

「誰？」

小金井が木吉に尋ねる。

「土田《つちだ》聡史《さとし》くん。オレのクラスメイトで、すごくいい奴なんだ」

歩道橋のちょうど真ん中あたりで近づいた両者は足を止めた。

土田は初対面の日向たちの顔を見つめて、「こんちは」と笑顔で会釈する。日向たちもつられて会釈を返す。どうやらフランクな性格らしい。

「木吉君、忘れ物でも取りに行くの？」

土田が穏《おだ》やかに木吉に尋ねる。

「いや、ちょっとバスケ部で買い物に行ってきたんだ」

「ああ、そっか。バスケ部を創ったんだっけ。すごいなぁ」

「すごいかな？」

木吉がきょとんとした。

「すごいよ。入学早々、新しい部を創るなんてなかなかできないと思うな。この前の屋上の宣言もすごかったし。それだけの熱意があるって、オレは見ててすごいと思った」

土田の言葉を聞きながら、日向は小さく驚いていた。先日の屋上事件以来、バスケ部は他の生徒たちから、『イロモノ』扱《あつか》いされている。しかし、今の土田はその流れとは真逆《まぎやく》のことを言っているのだ。見るからに嘘《うそ》をつくタイプではないので、本心なのだろう。

こういう奴もいるんだな。日向は少し嬉しかった。

「ねぇねぇ、じゃあ土田君もバスケ部、入りなよ！」

予想外の一言を発したのは、もちろん小金井である。

全員の驚愕《きょうがく》した視線を浴びながら、小金井はあっけらかんと続けた。

「まだまだメンバー、募集してるし！　一緒にバスケ、やろうよ！」

「え、でも……オレ、バスケって体育でしかやったことないし……」

土田が困ったように眉《まゆ》を下げる。小金井はにゃはっと笑うと言った。

「平気平気！　オレも未経験だし。経験者いっぱいいるから、教わればいいんだって！」

「そうだな。高校からバスケを始める人がいていいと思う。経験者だけが入れる部にはしたくないし。土田くんが入ってくれると、バスケ部ももっと楽しくなると思うな」

木吉もにこにこと小金井を援護射撃《えんごしゃげき》した。

「うん……」

土田は困ったように眉を下げる。見かねて伊月が助け船を出した。

「いきなり変なこと言うなよ。そんなこと突然言われて、土田君も困ってるだろ」

「あ、そっか。ごめん、困らせた？」

素直に謝る小金井に、かえって土田は恐縮《きょうしゅく》した。

「い、いや、大丈夫。ちょっと驚いただけだから」

「よかった！　でも、興味あるなら、大歓迎！　女《じょ》マネはいないけど監督は女子だからさ！」

リコの女子度でアピールポイントになるのだろうか……と、日向は思った。

「日向はどう思う？」

「え？」

木吉に突然話を振られて、日向は一瞬「い、いや、一応リコも女だと思うぞ」と言いかけ、それを問われているのではないことに気づく。

日向は少し考えて、口を開いた。

「……練習はきついと思う。マジで日本一目指すから。でも、バスケはそれだけの価値があると思ってる」

土田は柔らかく微笑むと、「そっか」とうなずいた。

「そろそろ行こう。練習着に着替える時間がなくなる」

伊月が携帯を開き、画面に表示された時計をこつこつと叩いてみせる。

「そだねー。相田さん、プレゼント喜んでくれっかなー！」

小金井が嬉しそうに手提げ袋を掲げた時――

ビュウ！

いきなり突風が吹き抜けた。

「うわっ!!」

突然のことに、全員がバランスを崩《くず》す。

「ととと……うぎゃっ！」

特にバランスを崩した小金井は、よろけて歩道橋の欄干《らんかん》に背中をしたたか、打ちつけた。

「いっ……!!」

言葉にならない痛みに耐える小金井に、伊月と水戸部があわてて駆け寄る。

「小金井君！　大丈夫か!?」

「う、うん……。ちょっと痛いけど…………あ――っっ!?」

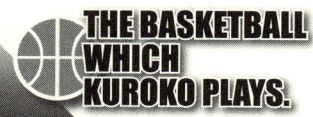

「ど、どうした⁉」

小金井の素《す》っ頓狂《とんきょう》な声に、全員が「骨でも折れたのか⁉」とぎょっとして彼を見つめた。

「ない‼」

「なにが⁉」

「プレゼントが……！」

「なんだって⁉」

小金井は見せつけるように両手を大きく開いた。

確かにその手には、先ほどまであったリコへのプレゼントがなくなっていた。

「あ、あそこ！」

土田が欄干から身を乗り出し、下方を指さす。

「ああ～～～～～っ‼」

全員が悲鳴をあげた。走り去るトラックの荷台に、紙袋がちょこんと乗っていたのだ。

「ちょっ、ええ――っ⁉　あそこに落としたのか⁉」

「くそっ、待てぇぇい！」

日向が欄干に足をかけ、飛び降りようとするのを、伊月があわてて止める。

「ば、ばか！　なに、ハリウッドスターきどってんだよ！　よく考えろ！」

「考えてる間に、トラックが行っちまうだろ！」

「その前に、おまえが逝《い》くだろがっ！」

「とりあえず、警察に電話しよう！　プレゼントが盗まれたって！」

ケータイを取り出した木吉に日向が怒鳴る。

「ダアホー！　警察に頼むようなことじゃないだろ！」

「じゃあ、どうすれば!?」

「……ひとまず、追いかけたらどうかな？」

土田の控えめな提案に、全員が鬼の形相《ぎょうそう》で振り返った。

「それだっ!!」


放課後の誠凛高校体育館。

磨《みが》き上げられた床が、差しこむ夕日に煌《きら》めいている。その床の上に今、怒りのオーラを立ち上らせたリコが腕を組み、仁王立《におうだ》ちしていた。

「…………さて。これはどういうことかしら？」

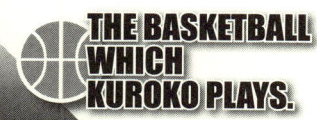

底冷《そこび》えのする声に、リコの前で正座する誠凛バスケ部一同はびくっと肩を震わせた。

「いったい、なにが、どうすると、こういうことになるのかしら？」

日向はうなだれた。リコが怒るのも当然だ。練習初日に大遅刻した彼らが目にしたものは、誰もいない体育館でたったひとり待っているリコの姿だったのだから。

埃《ほこり》まみれ汗《あせ》まみれの制服姿で現れた日向たちを見たリコは、まず目を見張り、次いで目を三角に怒らせると、「今すぐ、着替えてこい！」と怒鳴った。日向たちはあわてて着替えてきて……今に至《いた》る。

どう考えても全面的に自分たちに非がある。日向は下手《へた》に事情を説明せずに、リコの気が済むまで説教をしてもらったほうがいいと判断した。おそらく他のメンバーも同じことを考えているのだろう。誰も反論せず、うなだれてリコの次の言葉を待っている。

リコは全員を見回し、「……ちゃんとやる気あるの？」と冷めた声で聞いた。

はっとして全員がリコの顔を見上げた。先ほどとは違い、氷のように冷たい表情だった。

「……やる気、ないの？」

怒りとは別の感情を押し殺した声。信じていたものに裏切られたショックで――

「すみませんでした!!」

日向と木吉がまったく同じタイミングで、がばっと頭を下げた。

「やる気はある！　今日は本当にすまなかった！　オレがみんなに変なことをお願いしたせいで……！」

「いや、オレが今日買いに行こうって言ったんだ！」

日向と木吉に続いて小金井、伊月、水戸部も頭を下げる。

床に額《ひたい》をつけてきっちりと頭を下げる水戸部の隣で、小金井が声を張りあげた。

「ごめん！　オレが落としたから！　落ちても落とさなきゃよかったのに！」

「オレもすぐ追いかければよかったんだけど！」

伊月も後悔を滲《にじ》ませた声で叫ぶ。

日向たちは土下座《どげざ》をしたまま謝罪の言葉を次々と述べた。その声は体育館に響き、リコの足下《あしもと》を震わせるほどだ。あまりの轟音《ごうおん》謝罪に、リコは呆気《あっけ》に取られて日向たちを見た。

「……ちょ、ちょっとちょっと！　なんなの？　本当に何をしてたわけ？」

リコが見かねてぱんぱんと手を打ち、自分に注意を向かせて尋ねる。

五人は互いに顔を見合わせ、最後に日向に視線が集中した。

「日向君？　なにをしたの？」

日向は申し訳なさそうに、ポケットから小さな箱を取り出し、差し出した。

「実は……これなんだ」

「何それ？」

「…………う、お礼、だ」

「え？」

日向は口をつぐんだ。いざプレゼントを渡すとなると、急に気恥《きは》ずかしくなったのだ。しかし黙られては、リコには意味がわからない。「なんなの？」と日向を見つめる。

「それ、リコへのプレゼントなんだ」

説明をしたのは、木吉だった。

「プレゼント？」

「そう。バスケ部全員から、監督を引き受けてくれたリコへの感謝の気持ち」

「え……」

リコは驚きの眼差《まなざ》しで、小さな箱を見つめた。

「開けてみてよ」

伊月に促《うなが》され、リコは日向から小さな箱を受け取ると、床にぺたんと座り、まじまじと箱を見つめた。包装紙は汚れ、どこかにぶつけたのか、箱もいびつな形をしている。しかし箱に巻かれたリボンだけはきれいにピンッと伸び、自分はプレゼントよっと主張していた。

「本当は紙袋に入ってたんだけど、途中で破れちゃって……。リボンを水戸部が巻き直して、どうにかプレゼントらしくなったって感じで……」

小金井が申し訳なさそうに言う隣で、水戸部もしゅんとうなだれている。

リコはリボンと包装紙を外し、そっと箱を開けた。

箱の中には、淡いピンクの光沢を放つホイッスルが入っていた。


「これ……。私が欲しいって言ってたやつ……」

「……おう。使うなら、今日からがいいかと思ってな」

日向が照《て》れたように言う。

「嬉しい、ありがとう……って、ちょい待ち！」

ホイッスルを見て、程よく和《なご》んでいたリコの顔が、きりっと引き締まる。

「もしかして……これ買うために、あんな汗だくだったの？」

「あ……それには、もっと深い理由が……」

日向たちは再度身を小さくして、事の顛末《てんまつ》をリコに告げた。

「じゃあなに⁉　トラックを追いかけて、ずーっと、走り回ってたの⁉」

「はい……」

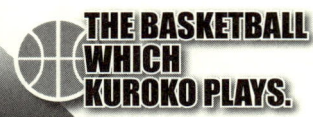

「バカ——っ!!」

体育館を震わせる大音量でリコの声が響いた。

「なんでそんなことするの！」

「すみません!!」

「また買えばいいとか、思わなかったの!?」

「すみません!!」

「怪我《けが》したら、どうするつもりだったのよ!!」

「すみませ……え？」

手をついてぺこぺこと頭を下げていた日向たちは、ぴたりと動きを止めた。

「交通量の多いところでトラックなんて追いかけて、怪我したらどうするのよ！　事故にあったらとか考えないわけ!?　そうなったら、バスケどころじゃなくなるんだからね！」

日向たちはぽかんとして、真っ赤な顔をして怒るリコを見つめた。

リコの怒りの矛先《ほこさき》は遅刻したことではなく、自分たちが無茶をしたことに向いている。

監督なんだなぁ。日向はあらためて思った。

「わかったっ!?」

「わ、わかりました!!」

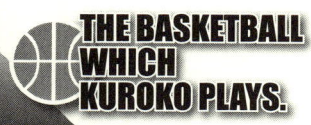

一同は背筋《せすじ》を伸ばし、声をそろえて言った。

リコは「よしっ」とうなずくと、明るい声でぱんぱんと手を打った。

「さあ、みんな立って立って！　練習、始めるわよ」

正座から解放されたメンバーが、しびれかけた足を叱咤《しった》しながら立ち上がっている間に、
リコはホイッスルの紐《ひも》を首にかけた。

胸の上におさまったホイッスルを、大事そうにぽんぽんと叩く。

「うん、似合ってるよ」

伊月がそう言うと、リコは微笑んでみんなを見た。

「これ、ほんとありがとう。大事にするね」

「ああ。こっちこそ、これからよろしくな。カントク」

日向の言葉に、他のメンバーも同意するようにうなずく。

カントクか……。リコは小さくつぶやくと、とんっと自分の胸を叩いて力強く応《こた》えた。

「まかせて！」


この日、誠凛高校バスケ部は始動した。

まだ誰も知らないこのバスケ部が驚異《きょうい》の公式戦デビューを果たす、数か月前の話である。

第3G《ゲーム》
The Adventures of TAIGA & TATSUYA

ロサンゼルス。アメリカ合衆国南西部に位置する、映画とビーチとファッションの街。多彩なエリアで形成されるこの街に、カガミ・タイガが引っ越して来てから一年が過ぎようとしていた。

「だ――っ！　つかめねーッ!!」

緑の広がる公園内のバスケットボールコートの隅《すみ》で、タイガは苛立《いらだ》ちの声をあげる。

コート内では同じ年頃の少年たちが、スリー・オン・スリーに興《きょう》じていた。あいにく、集まったメンバーはタイガを含めて七人しかおらず、遊び仲間が増えるまで、交代でゲームをしているところだ。

友達のゲームを見るのも楽しいが、最近のタイガの関心事はボールを片手でつかむことだった。憧《あこが》れのダンクシュートを撃つには、跳躍力《ちょうやくりょく》はもちろんのこと、ボールを片手でつかむことも必須《ひっす》となる。そのためタイガは暇《ひま》さえあれば、片手でボールをつかみあげる練習に夢中になっていた。

「くそー、やっぱり手が小せぇのか？」

短く切りそろえられた前髪の下、特徴的な勝ち気な瞳《ひとみ》が自分の右手を不満げに見つめる。日本人としては、同じ年頃の少年たちに比べたら大きい手だ。だが、アメリカ人の同級生相手では、どうしても小さい部類に入ってしまう。

「もっとこう、指が開いて……」

タイガは左手を使い、右手の人差し指と中指の間をぐいーっと伸ばす。途端《とたん》、指に激痛が走った。

「いって――っ!!」

あわてて自分の右手をなで、ふーふーっと息を吹きかける。

「……だから無理に指を引っ張るなって、この前も言ったのに」

呆《あき》れた声が頭上から聞こえた。タイガはずっと待っていた相手の登場に、ぱっと顔を上げる。

「タツヤ!」

名前を呼ばれた少年――長めの前髪で左目を隠したヒムロ・タツヤはさらされている右の眉《まゆ》をひょいと上げて、やれやれといった様子で言った。

「指の筋《すじ》、痛めるかもしれないって言っただろ」

「平気だって!　オレ、頑丈《がんじょう》だしっ」

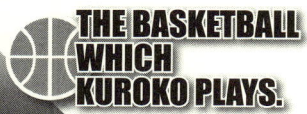

にひっと笑うタイガに、タツヤは苦笑する。

「タツヤ！」

コート内の仲間が、来たばかりのタツヤに手を振って挨拶《あいさつ》した。彼も軽く手を振り返す。

「順番待ちってどれぐらい？　そろそろ交代かな？」

「三点先取だから、まだ先。それより、タツヤ！　すっげー話があんだよっ！」

「え？」

タイガはばんばんっとベンチの横を叩《たた》いて、座って座ってとタツヤを急《せ》かす。タツヤは言われるままに、タイガの隣に腰を下ろした。

「すごい話ってなに？」

タツヤの問いかけに、タイガはきょろきょろと周囲を見回した。これから話すことは、タイガも今日知ったばかりだが、とっておきの秘密なのだ。他の誰にも、聞かせたくなかった。

安全(?)を確認したタイガは身を乗り出し、声をひそめて言った。

「タツヤ、R学校って知ってる？」

「R学校？　いや、聞いたことないな……」

首をひねるタツヤに、タイガは残念そうに両の眉根《まゆね》を下げた。タイガもR学校の名前は聞いたことがない。だが、いつも自分にいろんなことを教えてくれるタツヤなら、きっと……と思っていたのだ。

「それってどこらへんにある学校？　エリアは？」

逆に尋《たず》ねられたタイガは、必死に記憶をたどる。

「えっと……なんとかって天文台がある公園のそばって聞いた」

「天文台か……。だったらG公園のことかな？」

「G公園！　それだ！　そんな名前だった！」

しゅん……としていたタイガが一転して目を輝かせる。タツヤはにこっと笑うと言った。

「G公園なら、以前連れていってもらったことがあるよ」

「ほんとっ⁉　そのすぐ近くにR学校ってのが、あるんだって。探せる？」

「たぶんね。家の地図を見れば、見つけられると思うな」

「おお、さすがタツヤ！」

タイガは尊敬の眼差《まなざ》しでタツヤを見つめ、「じゃあさっ！」とさらに身を乗り出した。

「そのR学校に、今度行こうよ！」

「どうして？」

「バスケットボールがもらい放題なんだって！」

「え？」

タツヤは怪訝《けげん》そうな顔でタイガを見つめる。そんなうまい話は信じられないと目が語っていた。だが、タイガは「本当なんだって！」と語り始めた。

タイガがその話を聞いたのは、小学校《プライマリースクール》のクラスメイトからだった。

そのクラスメイトは先週末、G公園の近くに住む親戚《しんせき》の家に遊びに行ったらしい。そこで歳《とし》の近い従兄弟《いとこ》と一緒に、R学校へ行ったのだという。

R学校は廃校となって久しく、その近所に住む子どもたちにとって、格好《かっこう》の度胸試《どきょうだめ》しスポットとして活用されていた。つまり、夜の学校に忍びこみ、肝試《きもだめ》しをするのだ。

クラスメイトは、R学校がいかに怖いかを熱心に語った。真っ暗な廊下。割られた窓。意味もなく開け放たれたロッカーたち。一緒に聞いていたクラスメイトたちは、みな興味津々《しんしん》だったが、怪談に興味のないタイガは、「おまえら、ビビりだなー」と笑って取り合わずにいた。ただひとつ、彼の興味を惹《ひ》くエピソードがあった。

「体育倉庫にさ、バスケットボールがめちゃくちゃいっぱい置いてあるんだって！」

タイガは興奮《こうふん》し、ひそめていたはずの声が大きくなったことにも気づかない。黙って話を聞いていたタツヤは、考えるように指先で顎《あご》をなでると、

「もしかして、それをもらいに行くつもり？」

と、尋ねた。タイガは大きくうなずく。

「そうっ！　どうせ使ってないなら、大丈夫だろ？」

「うーん、そうなのかな……？」

「だってゴミになるぐらいなら、使ってやったほうがいいじゃん！　体育館にあったって
ことは、ボールもこれよりはマシだろ」

タイガは手元に置いたバスケットボールを見せた。ストリートで使いこんでいるせいで、
表面はすっかり滑りやすくなっている。

「もうちょっと表面がごつければ、つかめそうな気がすんだよ」

言いつつ、タイガは再度ボールを片手でつかもうとする。しかしやはり努力は実らず、
タイガの右手はつるるっと何も捕まえずに宙に浮いた。

「くそっ！　もうちょっとなのに！」

「ボクにはまだまだに見えるけど？　ボールのせいだけじゃないと思うし」

タイガがむうと睨《にら》むと、タツヤは苦笑して話題を変えた。

「で？　そのボール、いつもらいに行くつもりなの？」

「決めてない！」

「……どうやって運ぶの？」

THE BASKETBALL WHICH KUROKO PLAYS.

「え？　そりゃ……担《かつ》いで？」

「うん、そうか……。全然、決めてないんだね？」

「おう！」

タツヤはやれやれと肩を落とすと、前髪をくいくいと引っぱりつつ、何かを考え始める。

「……G公園はここからだと二十マイルぐらいあったと思う。徒歩じゃ、無理だろうね」

二十マイルとは、およそ三二キロメートル。子どもの足で移動するには、かなりの距離だ。

「げっ、そんなに遠いのかよ⁉」

タイガはここに来て、はじめて驚いた。ボールが手に入るということばかりに意識が行っていたため、具体策はなにも考えていなかったのだ。

腕を組み、眉間《みけん》に皺《しわ》を寄せて、「う〰〰ん…………」と深くうなだれて考え始めたタイガは、熟考すること五分。

「じゃあ、自転車は？」

とようやく言った。

その方策もすでに考えついていたらしいタツヤは「まあ、そうなるよね……」と答えたが、どこか歯切れが悪い。

「ボクたちだけで行くなら、それしかないとは思う。ボールを運ぶにも、そのほうが便利だろうし。でも、自転車は……」

と、なにかが気になるのか、タツヤの顔は晴れない。

「タツヤ、自転車だとまずいのか？」

「うん、ちょっと……でも、それしかないかな。タイガ、自転車で行こう」

タツヤがようやく笑顔になったので、タイガははしゃいで「おう！」と返す。

「それで、ボールはどれぐらいあるの？」

「クラスのやつの話じゃ、ボール籠《かご》いっぱいのが二個ぐらいはあったらしいぜ」

「けっこうな量だな……。自転車の一往復じゃ足りないかも。一日仕事になりそうだね」

「もしかして徹夜かっ!?」

タイガが期待に目を輝かせる。「よっしゃっ」と握り拳《こぶし》まで作って気合いを入れるタイガに、タツヤは首をひねった。

「なんでそんなに喜ぶの？」

「だって、『徹夜』ってかっこよくねっ!?　充実してるって感じがするしっ！」

「うん……そう、かな？」

タツヤは困って、曖昧《あいまい》に笑った。

「でも、本当に夜通しの作業を覚悟するなら、少し『特別な準備』が必要そうだね」

意味深ににっこりと笑うタツヤを、タイガはきょとんと見返した。


タツヤは計画の決行日を週末と決めた。

その日の早朝、前日一睡《いっすい》もできなかったタイガは、家族が寝静まる中、キッチンにそっと忍びこんだ。手早く朝ご飯を食べ、食料と飲み物をリュックに放りこみ、自転車に乗って待ち合わせの場所へと急ぐ。

待ち合わせ場所はバスケコートのある、いつもの公園だ。

早めに来たつもりだったが、すでにタツヤは待っていた。

公園を囲むフェンスにもたれかかり、横に自転車を停《と》めている。自転車の前籠《まえかご》にはタイガ同様、膨《ふく》らんだリュックが入っていた。

「はえーな、タツヤ」

タイガがタツヤの前に自転車を停め、驚きと呆れの混じった声で言った。

「そうかな？　それより、家の人にはちゃんと言えた？」

「おう！」

タイガはえへんと胸を張る。

「ちゃんとタツヤの家に泊まってくるってウソついといた！　タツヤは？」

「もちろん、タイガの家に泊まるって伝えたよ」

タツヤの『特別な準備』とは、このことだった。ボールの量が定かではないため、土日かけての作業になる可能性も考慮《こうりょ》して立てた対策は、互いの家に泊まるというウソだ。

これでふたりは明日の昼まで、誰にも邪魔されない自由な時間を得られたことになる。

「じゃあ、行こうか」

タツヤが自転車にまたがり、タイガに振り向く。

「タイガ、地図見て、道順を予習してきた？」

「う……」

タイガが言葉をつまらせ、タツヤの視線から逃げるようにそっぽを向く。

「言い出した人が、そんなんじゃ困るんだけどなぁ」

タツヤはくすくすと笑いながら、自転車のペダルを踏んだ。

走り出したタツヤの自転車を、あわてててタイガが追う。

「だって、ちょうどいい大きさの地図がなくて……。そういうタツヤはどうなんだよ！」

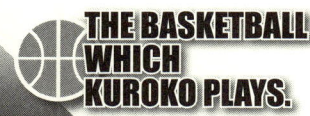

「ちゃんと見てきたよ。とりあえずの道は覚えてきた」

「すっげー！　ホントに⁉」

タツヤのナビゲーションで、ふたりはR学校のある西を目指し、並んで自転車を走らせた。

湿度《しつど》の低い乾いた空気が、ふたりの髪を揺らし、頬《ほお》をなでていく。

「自転車って、気持ちいいよなー」

タイガが嬉《うれ》しそうに目を細めた。

「アメリカ来てから、どこ行くにも車だったからさー。自転車乗るの、久しぶりなんだよ」

「……やっぱりそうか」

「やっぱりって、なにが？」

何か引っかかる返事にタイガが聞き返すと、タツヤは周囲に目を配《くば》りながら答える。

「こっちで子どもが自転車に乗ってるのって、あまり見かけないだろ？　それにはちゃんと理由があるんだ」

「そうなのか？」

タイガは周囲を見回した。

言われてみると、歩道は歩行者ばかりでタイガたちのように自転車に乗る人の姿は見えない。車道には、住宅街のせいか数は少ないが、車が走っていた。

「こっちは車使う奴《やつ》が多いだけじゃねーの？」

「子どもは車が運転できないだろ？　でも自転車よりも、車に乗って移動してる子が多い。なぜだと思う？」

タツヤはタイガに「考えろ」と視線を送る。彼は最近、こうやって回りくどい言い方をすることが増えた。すぐに答えを言わずに、タイガに考えさせようとするのだ。

「めんどくせー」

タイガは口を尖《とが》らせた。短気なタイガとしては、タツヤのこういうやり方は好きになれない。「早く答えを教えろ」と目で訴えるが、タツヤは折れずに言った。

「だめだよ。タイガは少し頭を使って、考えるクセをつけないと。だからテストであんな点数を取るんだ」

思いがけずテストのことを持ち出されたタイガは、羞恥《しゅうち》にぱっと顔を赤く染める。つい先日、返却された算数のテストをうっかりタツヤに見られときのことを思い出したのだ。

「二点……‼」

タツヤにとって見たこともない点数だったのだろう。タイガのテストを見た彼は、衝撃を受けてしばらく動かなかった。そして、あわあわと「その、体調が悪かったりして……」と言い訳を重ねるタイガを前に、大きなため息をついた。

思えば、あの頃から急にタツヤがやたらと回りくどい言い方をしていることに、今さらながら気づく。

「あれは……問題の英語が読めなかっただけだっての！」

結局、一番の理由をタイガは主張したが、タツヤは違うだろ、と首を振る。

「算数は設問が読めなくても解ける問題は多いじゃないか。普通、こっちに来てる日本人の子は、算数だけは得意になるのに、よりもよって二点って……」

「うっせー！　他人《よそ》は他人《よそ》！　オレはオレだ！　算数解けなくたって、生きていけるっ」

「足し算がまともにできなきゃ、バスケの点数計算ミスるよ」

「うっ……」

痛いところをつかれ、タイガは顔をしかめる。そう言われると、たしかにもっと点数計算が早ければ……と思うことはよくある。

タツヤは気遣《きづか》わしげな様子で、

「タイガは後先《あとさき》考えないところがいっぱいあるけど、本当の本当に頭が悪いわけじゃないんだから、もう少し勉強したほうがいいと思う」

と、タイガを励《はげ》ました。

「うん……って、あれ⁉　オレ、なんかすげー言われてないっ⁉」

「ほら、そうやって気づけるんだから、頭は悪くないよ」

「タツヤ――っ‼」

　ぎりりっと睨むタイガの視線を、タツヤは笑って受け流し、「それで、さっきの問題の答えは？」と話を元に戻す。

「なぜ、子どもたちは車に乗って移動できるのでしょうか？」

　タツヤの笑みを恨《うら》めしく思いながら、タイガはぐぬぬ……と眉間に皺を寄せ、唇《くちびる》を噛《か》みしめて頭を働かせた。

　ふたりの脇《わき》を自動車が走り去る。タイガは何気なく目で追った。運転をしているのは、ビジネスマン風《ふう》の男だ。その光景に、タイガの脳裏《のうり》にひどく単純なことが思い浮かび、ピースとしてはまりかける。

「…………子どもに運転できないんだから、大人がやるしかないだろ？」

「そう。正解」

「え、マジで⁉」

　タイガが拍子抜《ひょうしぬ》けした顔でタツヤを見つめる。タツヤは視線を周囲に走らせつつ、答えた。

「車を運転するのは、大人にしかできない。逆に言えば、子どもが移動するには、大人のつき添いが必要なんだ」

「そういうとこ、こっちって過保護だよな。遊びに行くぐらい、自由に行かせろっての」

言いながら、タイガは自分の家に出入りするベビーシッターのことを思い出す。カタコトの日本語を話すアメリカ人の彼女は、タイガがひとりでバスケコートに行くことにも、あまりいい顔をしない。さんざん言い合った結果、バスケコートだけはぎりぎり許されている状況だ。

タイガの言いたいことを察したのか、タツヤがなだめるように言った。

「そういう法律だからね。誘拐《ゆうかい》が前提になってるんだし、仕方ない」

「誘拐って……そんな簡単に起こるのか？」

「タイガだって、さっき言ってじゃないか。日本《よそ》は日本《よそ》。アメリカ《こっち》はアメリカ《こっち》なんだよ。それに犯罪を未然《みぜん》に防ぐのも規則の役目さ」

「まあ、そうかもしれないけど……。あれ？　なんでこんな話、してんだ？」

タイガは首をひねる。ずいぶんと頭を使ったせいか、なぜこんな話を始めたのか、忘れてしまった。なんだっけ、と考えこむタイガの隣で、タツヤがふと表情を険《けわ》しくした。

「それに、犯罪を未然に防ぐのは、規則だけじゃない」

そう言って、急に自転車のブレーキをかける。

「へっ？」

突然のことに、タイガはそのまま追い越してしまい、あわてて自転車をUターンさせてタツヤのもとへ戻った。

「どうしたの、タツヤ？」

タイガが戻ってくるまでに、タツヤは自転車を降りていた。タイガはきょとんとしてタツヤを見つめる。タツヤは歩道から民家へと続く私有車道をすばやく一瞥《いちべつ》し、

「タイガ……」

と、人差し指で小さく手招《てまね》きをした。

「なに？」

タイガがタツヤに顔を寄せると、タツヤは声をひそめ「ボクだけを見て、目をそらさないで」とささやいた。

「ポリスがボクたちを見てる」

「え？」

「タイガのうしろ、右に曲がったところにパトカーが停まってるんだ。たぶん、ボクたちを見てる」

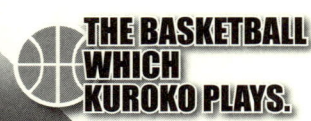

タイガは咄嗟《とっさ》に振り向きそうになるが、「ボクを見てなって」とタツヤにたしなめられ、ぐっとこらえた。

「なんでオレたちを見てるんだよ」

「言ったろ、犯罪防止だよ。遠くに行くのがバレたら、家に連れ戻されて終わりだ」

「マジかよっ！　じゃあ、どうすれば……⁉」

「タイガ、落ち着いて。ボクに合わせるんだ」

「あわ、せる？」

タイガが動揺を隠せずに鸚鵡《おうむ》返しに聞くと、タツヤはすっとタイガから体を離した。そしてなぜか、目をごしごしと擦《こす》り、「よかった、ゴミ入ってないんだね」と、明るい声で言った。

「は⁉」

予想外の発言に、タイガは目を丸くし、口をぽかんと開けた。

「じゃ、帰ろうか」

「えぇっ⁉」

タイガはさらに驚き、目玉が今にも落ちそうなぐらい目を見開いた。そんなタイガをよそに、タツヤは来た道を戻る、わけではなく、なんと、先ほど一瞥した民家へと自転車を引いて歩いて行く。

まるでそこが自分の家だとでもいうように。

「タ、タツヤ⁉　え？　あ？　……あ」

ここに来てようやく、タイガはタツヤが芝居《しばい》をしているのだと気づいた。ポリスの目をくらませるために、今まさに自宅に帰ってきたところを演じているのだろう。

なるほど、とは思うが、では自分はどうすればいいのかまでは、わからない。

動けずに立ち尽くすタイガを見て、タツヤは、はぁ……と大げさにため息をついた。

タツヤは自分の自転車をその場に停め、タイガに歩み寄り、

「遊び足りないのはわかるけど、今日はもう帰ろう。自転車はボクが押すから、降りなよ」

ぽんと、タイガの自転車のハンドルに手をかけた。

「……」

どう答えればいいのか、わからずにいるタイガに、タツヤは「ね？」と語りかける。

もはやタイガはこくこくと首を動かすだけで、声が出ない。タイガはわたわたと自転車を降りた。

自転車を受け取ろうとしたタツヤの手が、ハンドルを握るタイガの手に触れた。

「！」

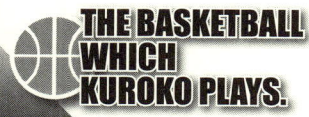

タツヤの手は、氷のように冷たかった。はっとしてタイガはタツヤを見つめるが、タツヤはタイガを見ずに自転車を受け取り、方向転換する。

「さ、行こう」

タツヤはタイガの自転車を引いて、赤の他人の家へとずんずん進んでいく。生け垣《がき》に囲まれたその家からは、わずかに生活音が聞こえた。住人は在宅らしい。

大丈夫なのかよ、タツヤ……!

タツヤのあとを歩きながら、タイガは緊張から指先が冷たく固まった。鼓動《こどう》もどんどん速まっていく。

ふたりは生け垣の前で立ち止まった。ここから先は、完全な不法侵入だ。

タツヤが自転車を停め、生け垣に作られた引き戸に手を伸ばす。タイガは体を強張《こわば》らせた。

すると、背後で車が走り去る音が聞こえた。

「………」

タツヤが伸ばしていた手を、そっと下ろす。「……行った、みたいだな」

タツヤは長く息を吐き出した。

「……もう、いいのか?」

タツヤから自転車を受け取りながら、かすれた声でタイガは尋ねた。喉《のど》がカラカラだ。

「ああ。どうやらやり過ごせたみたいだ」

タツヤは自分の自転車のところに引き返してそれを反転させ、歩道へと戻り始める。

「心臓止まるかと思った」

力が抜けたタイガは、ごちっとハンドルに額《ひたい》をつけた。

「まさかポリスに目、つけられるなんて……」

「意外と早く見つかっちゃったね」

「は⁉」

「え？」

顔を上げたタイガと、その声に驚き、振り向いたタツヤは顔を見合わせた。

「タツヤ……。もしかして、ポリスがオレらに目をつけるって……前から、わかってた？」

「うん。自転車を使えば、目立つだろうなと思ってたし」

しかも日本人の子どもが遠出をしているらしいとわかれば、誘拐犯にとっては垂涎《すいぜん》ものだ。当然、ポリスたちも警戒《けいかい》するだろうことは、予測していたという。

「ポリス対策がうまくいってよかったよ」

と、しれっと答えるタツヤにタイガは、かすれた声を出す。

「……対策って、考えてたのか？」

「うん。じゃなかったら、いきなりあんな演技はできないよ」

「……はじめから、ポリス騙《だま》すつもりだったのか？」

「騙すなんて、人聞き悪いな」

心外だとタツヤは口をへの字に曲げ、タイガを置いて自転車で先に進んだ。

タイガもあわてて自転車にまたがり、タツヤのあとを追う。

ペダルを踏みながら、タイガはタツヤの背を見つめる。タツヤは今も周囲に注意を払い、警戒していることが、背中からも伝わってきた。

以前から目的のためなら、手段を選ばない奴だとは思っていたが、まさか警察の目から逃れることまで考えていたなんて。

タイガは胸の奥がぶわっと熱くなるのを感じた。胸の奥に広がったのは、自分の前を走る少年に対して抱く、誇らしさだった。

――そんなこと考えるやつ、普通いねーよっ！

タイガは力いっぱいペダルをこぎ、タツヤと自転車を並ばせた。

「タツヤってやっぱすげーなっ！」

ばしっ！　併走《へいそう》しながらタイガはタツヤの背中を力いっぱいはたく。タツヤは「いたっ！」とたまらずバランスを崩《くず》しかけた。

「ちょ、なにすんだよ、タイガ！」

どうにか倒れずにバランスを取り直したタツヤは、非難の眼差しを向けるが、タイガはお構いなしで、パワー全開の笑顔で言った。

「オレ、マジで感動したっ！　タツヤ、すげーよっ！」

「はぁ？」

「ポリス騙すなんて、普通思いつかねーって！　すげー、ほんとすげーっ！」

興奮気味に話すタイガに、タツヤは「タイガ、落ち着いて……」と声をかける。

「全然すごくないよ。あんなの苦し紛《まぎ》れの演技だし……」

タツヤは戸惑《とまど》ったように言うが、それはタイガの「そんなことないって！」という声にかき消された。

「やっぱタツヤはすげーよっ！　オレ、タツヤが兄キですげー、嬉しい！」

満面の笑みを浮かべてタイガは言った。偽《いつわ》りのない思いだった。その素直な気持ちがタツヤにも通じたのか、タツヤも笑みを浮かべる。

「まったく、タイガは………」

どこか嬉しそうに、どこか照《て》れくさそうにタツヤは笑い、「でも、一回は一回だから」

と、「へ？」と呆《ほう》けるタイガの自転車を容赦《ようしゃ》なく思いっきり、蹴飛《けと》ばした。


ポリスとの追いかけっこは、その後も何度となく続いた。しかも街の中にはポリスだけが目を光らせているわけではない。普通の大人たちの目もある。

ふたりは周囲に気を配り、見られていると感じると家へ帰る子どもを演じてやり過ごし、やり過ごしては進むということを繰り返した。距離に対して、時間だけがいたずらに過ぎていく。しかも周囲の目を気にしながら進んでいるうちに、西に向かっていたはずが、微妙に北へと進路がずれていた。

「ちょっとこれは予想外だったな……」

公園のベンチに座ったタツヤは少し疲れた声で言った。隣に座ったタイガが、ホットドッグを頬張《ほおば》りながら、こくこくとうなずく。タツヤの手にもホットドッグが握られている。移動に疲れたふたりは、公園内のスタンドでそれらを買い、遅めの昼食をとっていた。

「これじゃ目的地に着く前に日が暮れそうだな」

タツヤは空を見上げて、日差しを受け止めるように、目をつぶる。「なんとか、目立た

ずに先に進めるといいんだけど……」

「……隠れちまおうか」

早くもひとつめのホットドッグを食べ終え、ふたつめに取りかかっていたタイガが、何気なく答える。タツヤは「え？」と目を見開き、タイガに振り向いた。

「隠れるって、どこに？」

「森ん中」

「森って……どこの？」

「ほら、あそこ」

タイガはホットドッグを口にくわえると、空《あ》いた手で北の方角を指さした。

家々の向こうに、東西に長い丘陵《きゅうりょう》が横たわっている。

「あの山なら木もいっぱいだし、隠れるとこいっぱいありそうじゃん」

タイガはホットドッグをひと飲みし、タツヤに笑いかける。タツヤは「山って……」と呆れた様子で言った。

「一応、あそこは公園なんだけど……。国立の森林公園」

「げっ、あの広さで公園なのかよ⁉　オレ、ずっと山だと思ってた。アメリカって、マジでなんでもデケーな……」

タイガは驚き、改めて北の方角を見つめた。

木々が生《お》い茂ったあの中ならば、警察も大人の目も気にせずに進めそうな気がする。

他人の目を気にしながら進むのは、それはそれでおもしろいが、タイガはそろそろ窮屈《きゅうくつ》さを覚えていた。駆け引きはどうも性格的に合わない。たとえ遠回りになったとしても、一気に走り抜けるほうが好きだ。

「な、タツヤ。あの森林公園、行ってみようよ！」

「うん……」

タツヤはじっと北の丘を見つめる。そして考えをまとめるように、また空を見上げ、目を閉じた。

タイガも真似《まね》て、空を見上げて目をつぶる。

瞼《まぶた》に日差しを強く感じた。周囲の音が急に大きく聞こえ始める。

タツヤはよく『頭は冷静《クール》に』っつーけど、こういうふうにして考えると、そうなるのか？

はじめての体験にタイガは身をゆだねた。やがて、周囲の音が段々と遠くなっていく。

「……タイガ、タイガ」

名前を呼ばれて、タイガはびくっと肩を揺らして、目を覚ました。自分の顔をのぞきこんでいるタツヤに、タイガは目をしばたたく。

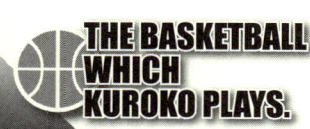

「あれ……タツヤ？」

「タイガ、いきなり寝ないでよ」

「えっ、オレ、寝てた⁉」

タイガはあわてて、ごしごしと両手で目を擦《こす》る。

「オレ、タツヤと一緒に考えようと思って……」

「もしかして、ボクの真似してたの？」

自分を見つめるタツヤの視線から逃れるように、タイガはそっぽを向いた。考えるはずが、寝てしまったのではバツが悪い。

タツヤは啞然《あぜん》としていたが、ぷっと吹きだした。

「くくく……、か、考えてて、寝ちゃうって……！」

「わ、笑うことないだろっ！　それに、タツヤが言ったンだぞ！　もう少し頭を使えって！」

膨《ふく》れっ面《つら》になるタイガに、タツヤは一層笑い声をあげる。

「ま、まあでも……考えるのはいいことだよ。それに、ボクもよくわかった。タイガには座って考えるのは、無理だってことと」

「なんだよ、それ」

さらにふて腐《くさ》れるタイガの頭をがしがしとなで、タツヤは立ち上がり、振り向いた。

「あの公園、行ってみよう」

「え、いいのか⁉」

それまでの不満顔は吹き飛び、タイガも元気よく立ち上がる。タツヤは笑ってうなずいた。

「ああ。どうせなら、少しぐらいの冒険もいいかなと思って。でも、坂道が続くよ？　弱《よわ》音《ね》吐かないでよ？」

「吐かねーよっ‼」

その言葉通り、タイガはどんな坂道に対しても、弱音や不平不満は吐かなかった。国立公園内の坂道も、木々が鬱蒼《うっそう》と茂る獣道《けものみち》も、むしろ楽しんで進んだ。

代わりに悲鳴をあげたのは、彼らの自転車だ。

国立公園を、西に向かううちに、タイガとタツヤの自転車はパンクしてしまった。人目を避けて、車道よりもトレッキングコースを選んだのが仇《あだ》となったらしい。木々がトンネルのように茂る道で、それぞれの自転車を前に、ふたりは途方に暮れて座りこんだ。

「どうすりゃいいんだ、これ……」

タイガはぺこぺこになってしまったタイヤを指で押しながら言う。

ぺたんと潰《つぶ》れてしまったタイヤはどう見ても、もはや走れる状態ではない。

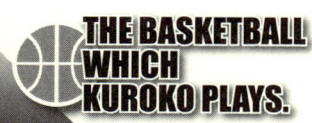

「こっから先は自転車を押していくしかないかな……」

タイヤの点検をしていたタツヤは、諦《あきら》めてやれやれと立ち上がる。

「自転車おして行くって、大変じゃね？」

タイガがタツヤを振り仰《あお》いで言った。

「うん、大変だけど……他にどうすることもできないし……」

「置いてったら？」

「は？」

タイガの発言に、タツヤが思わず聞き返す。

「タイガ、いまなんて？　置いてくって……」

「うん、言った。自転車、ここに置いてこうぜ？」

「正気か⁉　自転車、置いてくって、なに考えてんだよ」

「だってパンクした自転車なんて、邪魔なだけだろ？　ボールを運ぶのは大変になるけど、そこはまあ、なんとかすりゃいいし」

タツヤは驚きの眼差しで、タイガを見つめた。そんなタツヤにはお構いなしで、タイガは自転車をひょいと担ぎ上げると、道を逸《そ》れて木々の奥へずんずんと進んでいく。

「タイガ⁉」

タツヤはあわてて、あとを追って木々の中へ踏み行った。タイガはあたりを見回し、大きな岩を見つけると、「あれでいいかな」と近寄っていく。

自転車を担いだまま岩を回りこみ、岩陰《いわかげ》に自転車を下ろした。

「ここに隠しとけば、盗まれることもないんじゃね？」

そう言いながら、タイガは自転車に鍵《かぎ》をかける。

タツヤは今まで走ってきた道を振り返る。たしかにその岩陰ならば、道からも死角になるので、自転車が見つかることはないだろう。

「今度、修理道具持って来ればいいし。どう、タツヤ？」

タイガはタツヤに問いかけた。タツヤは視線をタイガに戻すと、じっと彼を見つめ、ふうと小さく息を吐いた。

「………タイガはホント、大らかなのかバカなのか……」

「なっ⁉」

がんっ！　とショックを受けるタイガを残し、タツヤはくるりと体を回して、来た道を戻る。

「タ、タツヤ⁉　え、ダメ⁉」

「ううん。ダメじゃないよ。タイガの言う通り、自転車はここに置いていこう。次に来る

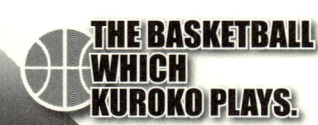

とき、わかるようにどこかに目印《めじるし》を作らないと」

「あ、そうか。うん、任せて！」

タツヤが自分の自転車を岩陰に隠す間に、タイガは枯れ木を集め、目印代わりに道の脇に盛り上げ、いくつかは地面に突き刺した。

作業を終え、ぱんぱんと手の汚れを落としたタイガは、こんな感じでどう？　とタツヤに視線で問いかける。タツヤは合格と言う代わりに、やわらかくうなずいた。


柔らかな土を踏みしめ、ふたりは先を急いだ。しかし、徒歩となると自転車よりも移動スピードが落ちることは必然であった。

時間はゆるやかに過ぎ去り、太陽は静かに西へと傾いていく。

タツヤがリュックから取り出した懐中電灯を頼りに、ふたりは夜に沈む森を進んだ。

太陽が西に隠れてから、どれだけ経《た》っただろうか。

「……今日はここまでかな」

ようやくタツヤは足を止めた。

「もう少し進めそうじゃね？」

タイガが道の先を見通すように、目をこらした。しかし懐中電灯が照らす範囲は狭く、この先がどうなっているのか、わからない。

タツヤは「いや、ここでいいんだ」と、道の傍《かたわ》らにある東屋《あずまや》を懐中電灯で照らした。公園の入り口でトレッキングコースの地図を見た際、目印にしようと思っていた東屋だった。

「東屋《あれ》があるってことは、西に移動するのはここまででいい。今日はここで休んで、明日は南に向かって公園を出よう」

タツヤの説明にタイガが異論のあるはずもなく、ふたりは東屋に入った。

東屋の中は、コの字型にベンチが据《す》えられているだけで、他にはなにもない。

ベンチに並んで座ると、タイガはリュックから、おにぎりをふたつ取り出した。朝、自分で握ってきたものだ。真夏であれば、夜までご飯を持ち歩くのは危険だが、穏《おだ》やかな今の季節なら、問題ないだろう。

「やっぱ日本人なら米だよな。はい、これ。タツヤの分」

「わ、ありがとう……え？」

タイガからおにぎりを受け取ったタツヤは目を丸くした。

「大きいね……」

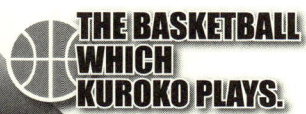

ラップに包まれたおにぎりは、タツヤが両手で持ってもあまりある大きさだった。

丸い形のおにぎりに、まんべんなく海苔《のり》が巻かれているので、一見すると黒いボールに間違えそうだ。

「大丈夫。具《ぐ》はいろんな所に入ってるから、飽《あ》きないぜ」

さっそくかぶりついているタイガに、タツヤはくすくすと笑う。

「いや、そこは問題じゃないんだけど……。でも、よくこんな大きいの作れるね」

「丼《どんぶり》をふたつ使って作るんだ。ちまちま作るより、楽だぜ？」

「タイガはホント、ボクの予想を超えるよ」

タツヤは「いただきます」とタイガに言うと、巨大おにぎりにぱくっとかぶりついた。

「ん、おいしい。……あ、ビーフジャーキーが出てきた」

タツヤの賞賛に、タイガが嬉しそうに顔をほころばせる。

「ビーフジャーキーの他にな、サーモンとコンビーフとおかかとチーズと……」

タイガはおにぎりを片手で持ち、空《あ》いた手で具を指折り数え始める。

その様子を楽しげに見つめていたタツヤだが、ふいにはっとした様子で振り向いた。

タツヤは顔を険《けわ》しくし、じっと暗闇《くらやみ》を見つめる。

ただならぬ様子に、タイガも息をひそめ、暗闇を見つめた。

「……なにかいる」

タツヤがぼそっと言った。すぐ動けるように、おにぎりはベンチの上に置く。

「なにかって？」

タイガもおにぎりを置き、用心深く目をこらした。どこにいるのか。闇《やみ》に隠れ、姿は見えない。

「人じゃ、ないと思う……」

ふたりは警戒しつつ、ベンチから立ち上がり、そろりそろりと東屋の中央へ移動する。

意を決したタツヤが、懐中電灯をさっと向けた。


タッタッタッタッタッタッ！


地面を踏みしめ、走る音があたりに響く。

同時に丸く照らし出された明かりの中に、人とは違う、低い姿勢で走る姿が現れた。屈《くっ》強《きょう》な足が地面を蹴《け》る。

タツヤは咄嗟《とっさ》にタイガを背にかばった。

「タツヤ！」

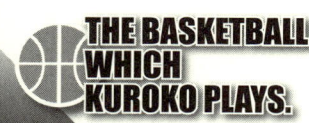

タイガが叫ぶ。同時に、それがタツヤに飛びついた。

「うわぁっ！」

重量に押され、タツヤがタイガを巻きこんでうしろにひっくり返る。

どたんっ！　派手《はで》な音を立てて、ふたりは東屋の床に転んだ。

「〰〰っ‼　タツヤ⁉」

腰を強打し、顔を歪《ゆが》めたタイガだが、すぐに半身を起こすと一緒に倒れたタツヤを見た。

「タツヤ！　タ……ひぃぃっ！」

その光景を目《ま》の当たりにしたタイガは、両手両足を器用に使い、まるで蜘蛛《くも》のように後退した。

「タ、タツヤ！」

青ざめた顔でタイガは呼びかける。

転がった懐中電灯が照らす光の中で、タツヤは仰向《あおむ》けに寝転がったまま、

「ちょ、こら、やめろって。くすぐったいよ！」

と、身をよじらせ、突然の襲撃者《しゅうげきしゃ》――ゴールデンレトリバーに顔中を舐《な》め回されていた。

「こら、ちょっと落ち着けって……」

タツヤはゴールデンレトリバーの耳の裏をなでて落ち着かせ、どうにか体の上から降ろ

すと、ようやく上体《じょうたい》を起こした。

「はぁ、びっくりした」

「びっくりしたのは、こっちだよっっ!!」

東屋の対角線上を移動し、身を小さくしたタイガが叫ぶ。

「なんで犬がこんなとこにいんだよっ!!」

「……なんでだろ?」

タツヤは改めてゴールデンレトリバーを見つめた。ゴールデンレトリバーはきちんと座り、東屋の床を掃除するかのように、嬉しげに尻尾《しっぽ》を振っている。

タツヤが頭をなでると、より一層激しく尻尾を振った。

「人に慣れてる……あ、首輪」

タツヤがゴールデンレトリバーの首輪に気づき、そっと指をそわせていくと、首の真下あたりでプレートにぶつかった。

「名前が彫《ほ》ってある……。タイガ、そこの懐中電灯取って」

タツヤが振り向き、タイガの足下《あしもと》に転がる懐中電灯を指さして言うと、

「無理無理無理無理無理無理無理無理無理無理無理無理無理無理無理無理無理無理っ!!」

タイガは顔が残像しか見えないほど激しく首を振った。あまりの激しさに、首がもげる

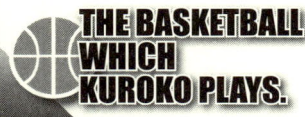

のではないかと、思わずタツヤが心配してしまうほどだ。

「オ、オレ、ホント犬ダメ！　なに、それっ、無理！」

「タイガ、そんなに犬が嫌いだったのか……」

タツヤは仕方なく立ち上がると、懐中電灯へと近寄った。

するとタツヤにつき従うようにゴールデンレトリバーも、タッタッタッとついてくる。

結果として、犬とタイガの距離は縮《ちぢ》まった。

「うぎゃ——っ!!」

タイガはさらにあられもない悲鳴をあげ、後ろ手に逃げると東屋の柱にしがみついた。

「来るな——っっ!!　来るんじゃねーっ!!　それ以上近寄ると、大変なことになるぞ！　オレが!!」

「タイガ、落ち着いて……」

と言って、タツヤは懐中電灯を拾い上げると、ゴールデンレトリバーを連れて、タイガとは一番離れた場所の柱の下へ移動する。

「やっぱり名前が彫ってある……『アレックス』」

懐中電灯で照らしたプレートをタツヤが読み上げると、名前を呼ばれたと思ったのか、ゴールデンレトリバーは「ワンッ！」と吠《ほ》えた。

「ひぃぃぃぃぃぃっっ!!」

悲鳴をあげて、タイガは柱に飛びついた。そのジャンプ力にタツヤが感心していると、

「タ、タツヤ！　そいつ、なんとかしてくれ！」

と、タイガが懇願《こんがん》する。

「なんとかって？」

「どっかにやってくれ！」

「そう言われてもなぁ」

タツヤはゴールデンレトリバーのアレックスを見つめた。

行儀《ぎょうぎ》よくお座りをしたアレックスは、嬉しそうにタツヤを見上げている。

「とても良い仔《こ》に見えるけど？」

しかも犬の名前は『アレックス』である。この名から連想するのはふたりのバスケの師《し》匠《しょう》である、アレクサンドラ＝ガルシアのことだ。彼女の通称も『アレックス』だった。

「名前が同じだと、親近感わかないか？」

「わかない！　これっぽっちもわかない！　三六五日二四時間絶対わかない！」

まるでコアラように柱にしがみついたタイガが叫ぶ。

タツヤは「そうかなぁ……」と犬のアレックスの頭をなでた。

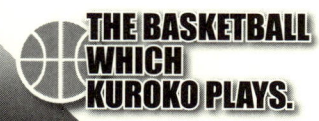

「あっ、そうだ。このアレックスと一緒に寝れば、夜の寒さも乗り切れるかもよ？」

「はぁ⁉」

思いがけないタツヤの発言に、タイガは柱から落ちそうになり、あわててずり上がった。

「そりゃオレに、死ねってことか‼」

「違うよ。風邪をひかないために、一緒に寝るのがいいかなって思ったんだ。冬ほど寒くはないけど、毛布代わりになるかなと思って」

「だったらオレは迷わず風邪をひく！」

頑《がん》として譲《ゆず》らないタイガに、タツヤはやれやれと眉を下げた。

「何事もチャレンジ精神は大事だと思うけど……」

と、タツヤが言ったときだ。

「うっ！」

タツヤが突然胸を押さえ、その場にうずくまった。苦しげな声が、タツヤの口からもれる。

「タツヤ⁉」

タイガはあわててぴょんと柱から飛び降りると、タツヤへ駆け寄り、その顔をのぞきこむ。

「タツヤ！　大丈夫かっ⁉　どっか痛むのか⁉」

「タイガ…………」

苦しそうな声でタツヤがタイガの名前を呼び、その手をつかんだ。痛みを堪《こら》えているのか、タイガの手をつかむタツヤの手は、力強い。

「タツヤ、どこだ⁉　どこが痛いんだ⁉」

タイガはおろおろとして、タツヤの手に自分の手を重ねる。

「痛い、というか…………」

タツヤは一層強く、タイガの手をつかんだ。「……捕まえた」

「へ？」

目を見開くタイガに、うつむいていた顔を上げたタツヤは、にっこりと笑いかける。

「やっぱり、チャレンジ精神は大事だよ」

と、つかんでいたタイガの手を傍らのアレックスの背に押しつけた。

「〰〰〰〰っっっ‼」

声にならない悲鳴が夜の森にこだました。


タツヤに騙《だま》されたタイガは、すっかりへそを曲げてしまった。

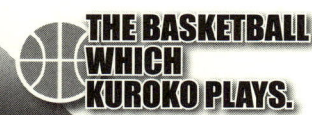

「ねぇ、少しは機嫌を直してよ」

東屋《あずまや》の中で、タツヤとは対角線に位置するところに座るタイガに、タツヤが呼びかける。

だが、タイガはベンチの上で体育座りをしてタツヤに背を向け、返事すらしない。

「悪気はなかったんだって。ほら、ショック療法ってあるじゃないか。あんな感じで一度触ったら、どうにかなるんじゃないかって、思ったんだよ」

タツヤはいままで何度となく繰り返した説得を再度口にする。だが、タイガは頑として振り向かなかった。

夜は静かに更《ふ》けていく。

犬のアレックスはタツヤの足下で身を横たえ、目を瞑《つむ》っている。寝ているようだ。

くしゅんっ。

タイガが小さくくしゃみをした。ぶるっと肩を震わせ、膝《ひざ》を抱く腕の力を強めて体を丸くする。

暖かい季節とはなったが、夜ともなるとまだ肌寒《はだざむ》い日は続いていた。

「タイガ、大丈夫?」

タイガの背中にタツヤの声がかかる。もちろんタイガは何も答えない。

森の暗闇を見つめながら、タイガは口を尖《とが》らせていた。

犬は嫌いだと常々《つねづね》言っていたのに、あの仕打ちはあんまりだと思う。あんまりだと思うが、同時に、ずっと謝っているタツヤと、今さらどう打ち解ければいいのか迷ってもいた。

なんかタイミング的に、もういいとは言いづれーし……。

苦手な頭脳労働でひとり格闘していると、またもくしゃみが出た。

さぶっ……！　タイガは再度肩を震わせ、首をすくめる——と、
とん。

小さな音を立てて、背中に暖かな重みがかかった。

「！」

タイガがぱっと振り向く。そこには背中合わせでタツヤが座っていた。

「このほうが、少しはあったかいよ」

タツヤは肩越しに振り向き、言った。「明日はがんばってボール運ぶんだし、ちゃんと寝て体力回復させよう」

「タツヤ………ごめん。意地張りすぎた……」

ずっと言おうか言うまいか悩んでいた言葉は、タイガの口から簡単に転がり出た。けれど、やはりバツが悪くて、言ったあとは振り向けず、自分の膝に顔を埋めた。

「うん。ボクのほうこそ、ごめん」

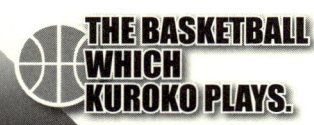

タツヤはそう言うと、タイガの後頭部に自分のそれをこつんと合わせる。

タイガの背に、タツヤの重みがかかる。ひとりでいたときよりも、ずっと暖かい。

それが嬉しくて、照れくさくて、誇らしくて。

けれどうまく言葉にできなかったタイガは「……重いよ」と、わざと拗《す》ねたようにつぶやいた。


翌朝はタイガの悲鳴で始まった。

タイガが目を覚ますと、いつの間にか足下で犬のアレックスが寝ていたのだ。

鼓膜《こまく》を破るような悲鳴に飛び起きたタツヤは、あわててアレックスを東屋《あずまや》の外へ連れて行き、タイガを落ち着かせることにどうにか成功する。

ふたりは持ってきた果物を分け合って簡単な朝食をすませると、公園の出口へと急いだ。

タイガの足は速かった。タツヤを追い抜き、ものすごい勢いで丘を降りていく。

それをタツヤが追いかけ、そのうしろを犬のアレックスが追いかけた。

「だからっ、なんでそいつはついてくんだっ！」

アレックスと充分な距離をとりながら、タイガはうしろのタツヤに叫ぶ。

「仕方ないだろ、ついてくるんだから。タイガ、気に入られたんじゃない？」

にこやかに言うタツヤを、タイガはぐぬぬぬ……と睨《にら》みつける。やがて、ぷいと視線を前へ戻し、「くっそーっ！　ぜってー、追いつかせねーっ‼」と猛然《もうぜん》と駆け出した。

そんなタイガの頑張りのおかげで、ふたりは予定より早く公園を抜け出すことができた。

そしてタイガの頑張りも空《むな》しく、ふたりのあとをアレックスはぴったりとついてくる。

「……なんでついてくんだよ……」

住宅街の一角にある公園で、タイガは途方に暮れた。

一方、タイガを悩ませている張本人（犬）であるアレックスは水飲み場で、タツヤに蛇口《じゃぐち》を開けてもらい、嬉しそうに水を飲んでいる。

いい運動させてもらいました、とでも言いそうなぐらい余裕の態度だ。

タイガは恨《うら》めしげにアレックスを遠巻きに見つめる。

タツヤはアレックスの頭をなでながら、ここに来てはじめて「困ったなぁ」と言った。

「この仔、どうしたらいいのかな」

「だからっ、昨日から言ってるじゃねーかっ！　放っとけよ！」

「でも、ここで放したら、きっとかわいそうなことになるよ」

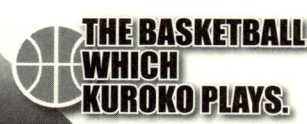

自分で言いながら、その「かわいそうなこと」を具体的に想像してしまったのだろう。タツヤの顔が曇《くも》った。

「……んなの、オレたちには関係ないじゃん……」

そう言うタイガの声も、先ほどとは打って変わって勢いがない。

「ワンッ！」

アレックスが吠える。もう水はいらないと言いたいのだろう。タツヤは蛇口を閉め、アレックスの前にしゃがんだ。

「アレックスはどっから来たんだ？　飼い主はどうしたの？」

頭をなでながら問いかけるが、アレックスは黒い瞳でタツヤを見つめるばかりだ。

「毛並みもきれいだし、とても大事にされてたんだよね？」

タツヤの言う通り、アレックスの長い毛はきれいにブラッシングされている。野良犬《のらいぬ》生活が長いようには見えない。

やさしくなでるタツヤの手が気持ちよかったのか、アレックスがふんふん……と彼の首もとに鼻を近づけた。

「ちょ、こら、アレックス、くすぐったいよ」

アレックスにぺろぺろと顔を舐《な》められ、タツヤは笑い声をあげる。

タイガにしてみれば、命の危機と同等の光景だ。震えながら「タツヤ、死ぬぞっ！」と心の中で叫び、見守る以外なにもできない。

「かわいい仔ね。お名前は？」

と声がした。振り向くと、主婦らしき女性が立っている。

「え？　あの……」

言いかけて、タイガははっと目を見開く。

女性の足下でリードに繋《つな》がれたウェルシュ・コーギーが、つぶらな瞳でタイガを見上げていた。

「!!」

あまりの距離の近さにタイガは固まった。しかしそんなタイガの変化に主婦は気づかず、うきうきとタツヤとアレックスに近づいていく。

「ほんとかわいい仔ねぇ、いくつなの？」

突然の質問にタツヤも面食《めんく》らうが、主婦の視線がアレックスに釘付《くぎづ》けなのを見て、ようやく自分ではなく、アレックスの年齢を聞いているのだと気づいた。

「えっと……年齢はちょっとわからないんです。名前はアレックス」

「そう、アレックスちゃんというの。お兄ちゃんふたりと散歩してもらえて、よっぽど嬉

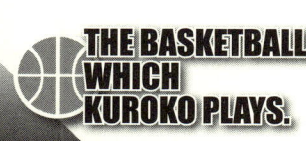

しいのね」

主婦はそう言うと、アレックスの頭をわしゃわしゃ～となで、それで満足したのか、

「それじゃあ、お散歩がんばってね」と去っていった。

「お兄ちゃんと散歩か……」

タツヤはぽつりとつぶやく。

一方、ようやくゼロ距離接近の衝撃から解放され、体の自由を取り戻したタイガは、ぜえぜえと荒い呼吸を繰り返していた。

もしかして……と思い、注意深くあたりを見回し、彼は愕然《がくぜん》とした。

なにしろ朝である。犬を散歩する人が、あちこち歩いている。

ここは地獄か……！

ガクガクと震えるタイガに、タツヤが声をかけた。

「タイガ、いいこと思いついたよ」

「……なんだよ？」

「R学校の近くまで安全に行く方法」

「え、マジでっ⁉」

それまでおののいていたタイガの顔がぱっと輝く。「どうするんだっ⁉」

にっこりと笑って、タツヤは言った。

「アレックスと散歩しよう」

タツヤの提案に、タイガは当然のことながら猛反対をした。

しかしタツヤが根気《こんき》よく「アレックスがいれば、目立たなくなるよ」と説き続けた結果、渋々《しぶしぶ》ながらに了承《りょうしょう》する。

実際、アレックスの効果は絶大だった。前日と同様に、子どもふたりが保護者不在で歩いていても、大人たちの視線が彼らに集まることはなかった。

犬の散歩をしている仲のいい兄弟。

それがはたから見た、タツヤとタイガの姿だ。

もちろん内情は違う。タイガは常《つね》にアレックスと自分の間にタツヤを立て、できるだけ距離を取って歩いた。

「そんなに怖がらなくても……」

とは、タツヤはもはや言わなかった。

代わりにタイガの緊張がほぐれるようにと、彼は別の話題を提供した。

話し始めたのは、もちろんバスケのことだ。これに関することなら話が尽きることはない。

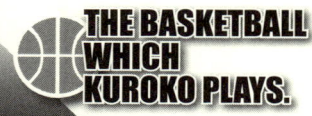

最初はまともに返事もできなかったタイガも、タツヤが熱心に話すにつれ、犬のことを忘れ、バスケの話に夢中になった。

タツヤとタイガは話し続け、笑い合い、ときには口論をしながら、目的地に向かった。

誰がどう見ても、仲のいい兄弟そのものの様子で。


ふたりと一匹は、昼過ぎにようやく目的地であるR学校へ到着することができた。

廃校になって久しいと聞いていた通り、そこは廃墟《はいきょ》と呼ぶに相応《ふさわ》しい場所だった。校舎の窓の多くは割れており、壁も剝離《はくり》しているところが多く、そうでない壁にはびっしりと蔦《つた》に覆《おお》われるなどしていて、在《あ》りし日の姿などとても思い描けない。

「すげー、マジでボロボロだ」

校舎の裏手で、外壁を見上げたタイガが見たままを素直に述べる。

「中へ入れるところを探そう」

とタツヤは言うと、アレックスを連れて、校舎の壁に沿って歩き出す。タイガはあわてて距離を取りつつ、あとを追った。

その額《ひたい》に、冷たい水が落ちた。

「ん？」

タイガは空を見上げる。

さっきまでは晴れていた空が、いつの間にか雲に覆われていた。しかも白い雲ではない。灰色《はいいろ》の重たい色をしている。

雨か？　そう思ったとき、大粒の雨が地面を打った。

「ぶわっ、なんだこれ！」

目を開けているのも困難に感じるほどの突然の大雨に、タイガは思わず声をあげる。

「タイガ、こっち！」

「ああっ⁉」

タイガが目の上に手でひさしを作り、どうにか瞳をこらすと、少し先の場所でタツヤが手招きしているのが見えた。体の半分が建物の中に隠れているので、どうやら入り口を見つけたようだ。

タイガはタツヤのもとへと走り、建物の中へ駆けこむと、タツヤがぱっとドアを閉めた。

途端、大雨の音が遠くなる。

一瞬の雨でタイガはすっかりびしょ濡《ぬ》れになってしまった。

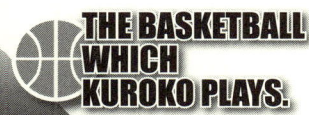

「うぇぇ、びしょびしょだ……」

リュックからタオルを取りだし、体をふきながら、タイガは辺りを見回した。

タイガとタツヤが入ったのは、非常出口のようだ。エントランスらしきものはなく、目の前には廊下が左右に長く延《の》びている。校舎の中は昼間だというのに、薄暗かった。

廊下に並んだロッカーが、どれもこれも開いていた。暗くぽっかりと開いたロッカーの中が、やけに不気味に思える。タイガは思わず、ごくりと唾《つば》を飲んだ。その隣で、

「アレックス、おまえはここで待ってるんだ」

と、タツヤはアレックスの頭をなでる。アレックスはおとなしく床に座った。

「いい仔だね」

タツヤは微笑《ほほえ》み、タイガに振り返った。

「さ、行こうか」

「えっ？　そいつはいいのか？　てか、言うこときくのか⁉」

と、タイガはアレックスを指さす。いままでタイガが何を言おうと勝手についてきたのに、ここでタツヤの言うことをきくとは思わなかった。

しかしこともなげに、タツヤはうなずいた。

「うん。アレックスはちゃんと話せば、言うこときくよ」

タイガは横目でそっとアレックスを盗み見る。

たしかに言われてみると、ここに来るまでも、アレックスはタツヤの言うことはきいていた。いや、ちゃんと見ていたわけではないので、きいていた、ような気がする。

「それに一緒に連れていくと、タイガ大変だろ？」

「あ、ああ……」

タツヤの気遣《きづか》いに、タイガはうなずいた。

ただでさえ、どこか不気味な校舎だ。これ以上、恐怖の対象が増えるのは困る。

そこまで考えたところで、タイガは「ん？」と首をひねった。

あれ？　もしかしてオレ、ちょっとビビってるのか？　『恐怖の対象が増える』とはなんだ。対象って、校舎のことか？

「んなこと、あるかっ！」

なんだか腹が立ってきて、タイガは思わず叫んだ。突然の大声に、タツヤが「うわっ、なに!?」と驚きの声をあげる。

タイガはキッとタツヤを見つめた。

「タツヤ！　オレ、怖くねーからっ！」

「え？　タイガ、アレックスが怖くないの？」

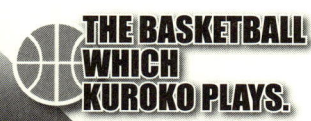

「違うっ！　そっちは話が別っ！　そうじゃなくて……怖くないから！」

校舎が不気味だ、とは言いたくなかった。しかし、怖がっていないことは伝えたい。

急に鼻息荒く、「よしっ、怖くねぇっ」と気合いを入れるタイガを、タツヤは呆気《あっけ》にとられて見つめる。

「……よくわかんないけど、行こうか」

「おうっ‼」

気合いいっぱいにタイガは応《こた》え、やはりタツヤは首をひねった。

校内を歩きだすと、タイガの行動はさらにタツヤの首をひねらせた。

「…………タイガ？」

「……………………なに？」

懐中電灯を手に歩くタツヤが、ちらりと横を歩くタイガをうかがうと、言った。

「顔色、悪くない？」

「……気のせいだよ」

「汗《あせ》、すごいよ？」

「……気のせいだって」

「………怖いの？」

「怖くねーよっ！」

そこだけははっきりと否定するタイガに、タツヤは苦笑する。

「タイガ、無理するなよ？」

「無理してねーよっ！」

「……なら、いいけど」

そう言うと、タツヤは口をつぐんだ。

割れた窓からは雨が吹きこみ、校内の床は濡れていた。廊下にはぺちゃりぺちゃりと、ふたりの歩く音だけが響く。

沈黙が続くと、タイガの顔色は一層青くなった。

タイガ自身、なぜこんなに自分の体が冷えていくのか、理解できない。

立ち並ぶロッカーを見ていると、そのうちどれかから、なにかが飛び出してきそうな気がしてならない。そして一度そう思ってしまうと、その可能性を忘れ去ることができず、体は冷えているのに、なぜか嫌な汗は噴《ふ》き出すのだ。

どうしたんだ、オレ？　タイガははじめての感覚に戸惑《とまど》った。

タイガはタツヤに話しかけようと、首を回した。

なにか話題があったわけではない。いまは別のことを考えたかったのだ。

けれど声はでなかった。

タイガはそっと視線をそらした。

タイガが見つめたタツヤの横顔は、どこか緊張気味に強張《こわば》っていた。

はじめて見るその表情に、タイガは見てはいけないものを見てしまった気分になる。

タツヤが見せたくなかったものを、自分は見てしまったのではないか。

——いや、違う。きっと暗闇のせいでそう見えただけだ。

タツヤはいつものタツヤだ。

タイガは自分の中に湧《わ》いた疑念を打ち消すように、拳《こぶし》を強く握りしめた。

「あ、この先が体育館みたいだよ」

タツヤの声に、タイガは弾《はじ》かれたように前を見た。懐中電灯が照らす壁に、プレートが貼《は》られている。それはたしかに、この先が体育館であると告げていた。

「ボール獲得《かくとく》まであと少しだね」

タツヤは穏やかにタイガに笑いかける。

タイガがよく知る、タツヤのいつもの表情だ。そのことにタイガは安堵《あんど》を覚える。

「ボールもらって、早く帰ろうぜ。腹減ってきた」

タイガが言うと、タツヤはやはり穏やかに微笑んで「そうだね」と答えた。

プレートの示すままに進み、ふたりは体育館内へと入った。

場所や大きさは違っても、たいていの体育館は同じような作りになっている。体育倉庫を見つけるのは、簡単なことだった。

体育倉庫の鍵《かぎ》の壊れた扉を押し開けると、むっとしたカビ臭さが鼻をついた。

思わず顔をしかめ、ふたりは入ることを躊躇《ちゅうちょ》した。

「これは……ひどいな」

「そういや、クラスのやつも、ここに入るのは勇気いったって言ってた」

「勇気か……」

タツヤがつぶやき、そっと一歩踏み出す。

ミシミシミシ……。

床が嫌な音を立てた。同時に、ササササ……と複数のなにかが走り抜ける音が聞こえる。

タツヤは、そっと足を引き戻した。

「いま……変な音がしなかった？」

問いかけるタツヤに、タイガはごくりと息を飲む。

「ああ。あれって……ゴ、ゴキ……」

「待って。ネズミということもあるよ」

「そ、そっか……。いやでも、どっちにしろ、嫌じゃね⁉」

「嫌だね……」

タツヤは慎重に、懐中電灯で体育倉庫内を照らした。

一番奥に、バスケットボールが大量に入っている籠が見えた。

「あれだね……」「あれだな……」とタツヤとタイガは倉庫の入り口から、バスケットボールを眺《なが》めた。

普通に歩いたら十歩の距離だ。その十歩が途方もなく遠くに思えた。

ふいに大きな風が吹いて、ガタガタと体育館を揺らす。

割れた窓から、雨がざーっとしぶきのように吹きこんだ。

「……タイガはここにいて」

「えっ⁉」

驚き、目を見張るタイガにタツヤは微笑む。

「ボクが中に入ってボールを投げるから、タイガはここでキャッチしてよ」

「な、なんでっ⁉　オレも一緒に運ぶって！」

「うん。だからここにいて。パスするから、手伝って」

そう言うと、タツヤは一歩、体育倉庫へと足を踏み入れた。

ミシミシミシ。タツヤの足の下で床が悲鳴をあげる。

タイガも追うように足を踏み入れるが、あまりにも床が柔らかく、びくっとして足を引いた。今にも床が抜けそうだ。

「タツヤ！　大丈夫なのか⁉」

タイガが呼びかける。タツヤは振り返らずに、

「うん。いまのところ、どうにか……」

と答えたときだ。

ミシミシミシミシッ！

いままでとは違う音が、タツヤの足下で響く。

「えっ……」

右足の浮遊感《ふゆうかん》に、タツヤは一瞬なにが起きたのか、理解できなかった。

バキバキバキッと音を立てて、タツヤの右足が床下へと沈んだ。

「いつっ‼」

がくっとバランスを崩したタツヤが、痛みに声をあげた。

「タツヤ！」

「タイガ！　来るな！」

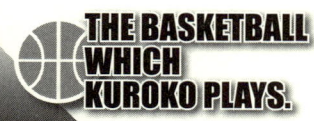

あわてて駆け寄ろうとしたタイガに、顔だけ振り向いたタツヤが制止の声をあげる。

「おまえも落ちるかもしれない」

「でも、タツヤ、足が……!」

タツヤの右足は膝の上辺りまで、床下に隠れていた。

「……ちょっと、床が抜けただけだよ。これぐらい……」

そう言うと、タツヤは床に手をつき、右足を抜き出そうと試《こころ》みる。しかし、床についた手のところからも、不穏《ふおん》な音が聞こえ、タツヤはぴたりと動きを止めた。

「タツヤ……出られないのか?」

タイガの問いかけに、タツヤは背を向けたまま答えなかった。

「タツヤ……?」

再度呼びかける。けれど、答えはない。タイガはたまらず、倉庫内へ足を踏み入れる。

新たに響いた不穏な音に、タツヤが瞬時に振り返った。

「バカッ! 危ないって言ってるだろ!」

いつにない激しさと厳《きび》しさを滲《にじ》ませる声に、タイガはぐっと体を引く。

「じゃあ、どうすりゃいいんだよっ!」

タイガは自分の無力さに、叫んだ。吹きこむ雨がタイガを静かに濡らす。

タツヤはなにも言わなかった。ただ雨だけが音を紡《つむ》ぐ。

「……っ」

タイガの頭の中で、同じフレーズが回り続ける。

どうすれば、どうすれば、どうすれば！

同じ言葉が駆け回るばかりで、解答は出てこない。

頭を使えと、タツヤは言った。使うならいまだ。なのに、なにも思いつかない。

矢のような敗北感がタイガを責める。タイガはぎゅっと目をつぶった。

ミシミシミシ……ッ。

新たに響いたその音に、タイガは顔を上げてタツヤを見つめた。

タツヤは脱出を試みて、先ほどとは違うところに手をついていた。

そっと置いた手に、慎重に重心を移動させていく。タツヤのくじけない姿が、タイガに彼の言葉を思い出させた。

『タイガにはじっと座って考えるのは、無理だ』

――そうか。同じ考えるなら、動きながらだ。

タイガはぱんっと両手で頬を叩く。気合いを入れてぐるりと周囲を見回した。

すると不思議と、頭の中でもやもやしていたものが消え去り、ずっと探していた答えが

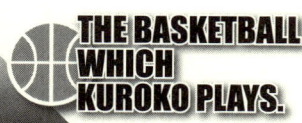

見つかった。
タイガはタツヤの背に叫んだ。
「タツヤ！　ちょっと待ってて！　オレ、ロープかなにか探してくる！」
え、とタツヤがタイガに振り向く。
しかしそのときには、タイガはすでに体育館の出入り口付近へと走っていた。
タイガは体育館のドアを勢いよく開ける。
目の前に、雨音の響く暗い廊下が広がった。
心が怯《ひる》んだ。
――それが、どうした！
タイガはキッと暗闇を睨み、廊下へと走り出た。
その瞬間……

ぬるり。

冷たく濡れたなにかが、タイガの肩に触れた。
「うわぁぁぁぁぁぁぁぁぁぁぁ!!」

タイガは夢中で、肩に触れたそれを振り払った。
「タイガ!?」
遠くでタツヤの叫ぶ声がする。
タイガはタツヤのいる方向に振り向こうとした。
『大丈夫だから、待ってろ！』そう叫びたかった気がする。
しかし振り向こうとした矢先、生臭《なまぐさ》い息を吐くなにかにタイガは押し倒された。
「うひぃぃぃぃぃぃぃぃぃぃぃぃぃぃぃぃぃ!!」
自分の悲鳴と、
雨の匂《にお》いと、
獣《けもの》の匂いと、
そして、自分を呼ぶ誰かの声を記憶の片隅《かたすみ》に刻《きざ》み、タイガは意識を手放した。

「このバカ弟子《でし》どもがっ！」
口では悪態《あくたい》をつきながらも、タツヤの足を手当てする彼女の手は、やさしかった。

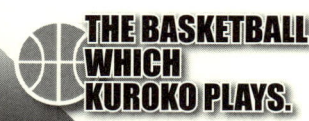

タツヤはうつむいていた顔をそっと上げ、自分を床穴から救出してくれた人――自分とタイガのバスケの師匠である、アレクサンドラ＝ガルシアを見つめた。

金色の髪も服も雨に濡れている。

それを見たタツヤは、彼女が傘《かさ》もささずに自分たちを捜していたことを知る。

彼らは今、R学校の敷地前に停められたアレックスの自家用車の中にいた。

アレックスはタツヤを助手席に座らせ、自分は運転席につき、彼の足にできた擦《す》り傷を手際《てぎわ》よく手当てしている。彼らのうしろ、セカンドシートにはまだ気を失っているタイガが横たわり、最後尾のサードシートには、犬のアレックスがおとなしく座っていた。

「…………アレックス、どうして来てくれたの？」

タツヤが小さな声で尋ねると、アレックスは手を止めずに答えた。

「おまえらがいなくなったって、連絡があってな。それでおまえの部屋に行ったら、地図を見つけたんだ」

アレックスに「タツヤとタイガが昨日から行方《ゆくえ》不明だ」と伝わったのは今朝のことだった。

ふたりの失踪《しっそう》の発覚は、氷室《ひむろ》家が火神《かがみ》家へ電話したことによる。

「泊めていただくなら、お電話で一言ご挨拶を……」と電話したことで、両家の子どもたちのウソが発覚し、大騒ぎとなった。

連絡をもらったアレックスは、すぐに氷室家を訪れ、ふたりの行き先のヒントを探そうとタツヤの部屋に入り、そこで地図帳を見つけた。何度も開いたと思《おぼ》しきページには、家からR学校までの道順が何パターンも書き込まれ、彼らの目的地を教えてくれた。

そこですぐにアレックスはR学校へと車で向かい、校舎に入ってみると、やたらと人に慣れたゴールデンレトリバーと出くわした。それを従えてふたりを探したところ、タイガを見つけたはいいが、なにやらあわてているようなので、肩に手をおいて「落ち着け」と言おうとしたら、なぜか振り払われ、あまつさえ悲鳴をあげられ、むっとしていると犬がタイガにじゃれるように襲《おそ》いかかった。

そして次にタツヤを捜してみると、どういうわけか体育倉庫の床に片足を突っこんでおり、さすがに驚いて助け出して、今に至《いた》る。

説明を聞いたタツヤは、「そうなんだ……」と弱々しく答えた。

「あの犬、ずいぶんおまえらになついているようだけど、どうしたんだ？」

「……迷い犬、みたいなんだ。どっかから逃げ出したみたい」

「そうか。だったら飼い主を捜さないとな……ほい、手当てはおしまいだ」

アレックスはタツヤの膝をぽんと叩いた。

「いてっ」

THE BASKETBALL WHICH KUROKO PLAYS.

タツヤが小さく悲鳴をあげる。

アレックスはエンジンをかけ、静かに車を発進させた。

犬とタツヤとタイガを乗せ、アレックスの車は帰路につく。

車内に会話はなかった。アレックスも車を運転し始めてからは、一言も発さない。

タツヤはシートに体を小さくして座っていた。やがて後部座席から、静かな寝息が聞こえ始めた。タツヤが振り向くと、タイガが口を開けて眠っていた。

「……寝たのか？」

アレックスに話しかけられたことに驚き、タツヤは一瞬言葉を詰まらせ、「……うん」と答えた。

「悲鳴をあげたり、寝たり、忙しいやつだな」

後年、タイガがお化け嫌いになったそもそもの原因を作った張本人《ちょうほんにん》は呆れた声で言った。

「昨日、野宿だったから疲れてるんだと思う」

「そりゃ、おまえも一緒だろうが。……寝ててもいいんだぞ？」

アレックスが横目でタツヤを見た。タツヤから見えるのは、横顔だけだが、車を運転する前よりも頬のラインがやさしい気がした。怒っていないのだろうか、とタツヤはアレックスを見つめる。

「なんだ？　言いたいこと、あるのか？」

タツヤの視線に気づいたアレックスが、前を見たまま尋ねた。

「……怒ってないの？」

「もう怒ってないよ。あとは自分の家族に怒ってもらえ」

タツヤはアレックスを見つめた。アレックスは言葉を続ける。

「おまえたちの気持ちはわかるよ。ボールがもらえるなら、私だってやっただろうし。でも、怪我《けが》をしたのはいただけないな」

「……ごめん」

タツヤは謝り、自分の右足を見下ろす。床を踏み抜いたときにできたいくつもの擦り傷がまだずきずきと痛んだ。簡単な手当てですむ傷ですんだのは、不幸中の幸いだ。

うつむくタツヤに、アレックスはやさしく語りかける。

「でも、タイガは無傷だ。がんばったな、お兄ちゃん」

「………子ども扱《あつか》いしないで」

タツヤの声は暗かった。タツヤ自身もその声に驚いたのだろう。ぴくっと肩を揺らす。

アレックスは一度横目でタツヤを見つめ、「子どもだろ。無理して大人になるな」と、ハンドルをきる。

タツヤは雨に濡れる窓へ視線を向けた。アレックスはタツヤの背に言った。

「タツヤ、あいつのために自分の気持ちをしまいこむなよ」

「…………違う」

雨を見つめたまま、タツヤは答えた。苦しげな声だった。

「あいつのためじゃない。全部、自分のためだ。あいつのためだって言い聞かせてなきゃ、あんなこと……」

タツヤは口をつぐんだ。

はじめから無謀《むぼう》な計画だと思っていた。子どもだけの遠出がそんな簡単にいくとは思えない。けれど、ボールの話は魅力的であったし、なにより――


嬉しそうに話すタイガの信頼を裏切りたくなかった。


タツヤ《自分》を信じ、できると信じているタイガを見ていると、どうしてもやり遂《と》げたい、と思ってしまった。

不安な気持ちは常にあった。けれど、タイガが一緒にいるから、その不安を覆い隠せた。

雨に濡れる窓に、苦しげなタツヤの顔が映る。

タツヤは自嘲《じちょう》気味に笑った。

ほら、ボクはこんなに幼《おさな》い。タイガが思うほど、ボクはそんなにすごい奴じゃない――

「前言撤回《ぜんげんてっかい》する」

ふいにアレックスが言った。少し低めの真摯《しんし》な声だった。

「タツヤは、子どもである前に、とてもやさしい人間だ」

「……違う。ボクは自分本位の人間だ」

背伸びをして、誰かの信頼を裏切りたくないと無理をするような。

「自分本位の人間は、自分を責めたりしないよ」

車が路肩《ろかた》に停まる。不思議そうに振り向いたタツヤを、アレックスはまっすぐに見つめた。

「おまえはやさしい。そして、とても賢《かしこ》いよ」

――少し、賢すぎるぐらいだ。悲しいほどに。

なにかを言いたくて、でも言葉が見つからずに、ただ見つめ返すだけのタツヤの頬に、
アレックスはキスをした。

途端、ぼっとタツヤの頬が染まる。

「ア、アレックス！　だ、だから、キスは！」

「がんばった子には、ご褒美《ほうび》が必要だろ」

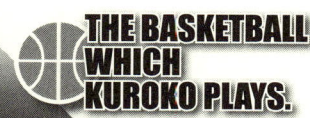

アレックスは片目をつぶってにやっと笑う。「それにいい加減、慣れろ」

「な、慣れろって！」

タツヤはキスをされた頰を手で押さえ、口をぱくぱくとさせていたが、「……もう、いいよっ」と、ぷいっと顔を背《そむ》け、窓の外を見つめる。

「なんだよ、せっかくご褒美あげたのに」

アレックスは大げさに肩をすくめ、車を発進させた。

おまえはやさしいよ。

アレックスは再度、心の中でタツヤに語りかける。

タツヤはやさしい。そしてタイガは純粋だ。

タイガは純粋にタツヤに憧れ、タツヤもそのやさしさから、タイガを守りたいと思っている。

けれど、彼らはまだ十歳と十一歳の少年なのだ。

一年の違いがどれぐらいの差なのか、タイガはまだ気づいていない。

タイガが純粋にタツヤを慕《した》えば慕うほど、タツヤのやさしさがタツヤを追い詰めていく。

いまの関係はいつまでも続かないだろうと、アレックスはぼんやりと思う。

タツヤは賢い。その賢さで、距離を置くことを覚え、自分の守り方も、気持ちの整理もできるようになるだろう。

けれど、タイガは——

そこまで考えて、アレックスはふっと笑った。

ごちゃごちゃ考えるのは、好きじゃない。

たとえふたりが袂《たもと》を分かっても、自分にとってかわいい弟子であることに違いはない。

そしてなにより、自分たちにはバスケがある。答えはきっとそこで見つけられる。

「……なにニヤニヤしてるの？」

タツヤはまだどこか拗《す》ねた顔で、アレックスを見つめていた。

アレックスは、ふふっと笑うと言った。

「んー？　いや、明日の今頃は、きっとおまえらふたり、お尻《しり》が真っ赤っかなんだろうなーって思ってな！」

「ちょっ！　いまどき、お尻を叩かれるわけないじゃないかっ」

「どうかなー、明日が楽しみだなー！」

さらにふて腐れたタツヤと、ぐっすり眠るタイガを乗せて、アレックスの車は静かに雨の街を走り抜ける。

片手にハンドルを握り、片手でタツヤの頭を乱暴になでながら、アレックスは心の中でもう一度、繰り返した。

本当に、おまえたちの未来《明日》が楽しみだよ。

第4G《ゲーム》
謎の彼女T

秋風が誠凛《せいりん》高校の校庭の木々を揺らしている。

新入生を迎えた頃は満開だった桜の木も、いまは葉を落とすばかりだ。

静かに秋を過ごす木々のうち、一番の大木の下に、これまた大きな人影が六つ。校庭を歩く生徒たちに気づかれたくないのか、逞《たくま》しい体を木のうしろへ隠していた。

「ちょ、日向《ひゅうが》、押さないでよ」

桜の木に体をぺったりとつけ、校庭をうかがっていた小金井《こがねい》慎二《しんじ》は口を尖《とが》らせ、背中を合わせる日向順平《じゅんぺい》に振り向く。

「しょうがねえだろ、狭いんだから」

日向も木の幹に体を隠しつつ、小金井に答える。

ふたりは言い合いながらも、校庭へ視線を走らせることを忘れない。

「まだかな……。遅くない？」

「誰かと立ち話で、盛り上がってるのかもしれないぞ」

声をひそめ相談する小金井と日向の足下《あしもと》には、水戸部《みとべ》凛之助《りんのすけ》が途方に暮れた顔でしゃがんでいた。その隣でやはりしゃがんでいる伊月俊《いづきしゅん》が、やれやれとため息をつく。

「なあ、今日の練習が早く終わったのは、こういうことのためじゃないと思うぞ?」

伊月の意見に同意して、水戸部がこくりとうなずいた。

「でも、気になるじゃん！　伊月だって、確かめたいっしょ!?」

好奇心に目を輝かせて振り向いた小金井に、伊月は「……うっ」と言葉を詰まらせた。

「ほらぁ、やっぱり興味あるんじゃん」

小金井がにやりと目を細める。伊月は堪《たま》らず視線をそらし、「まあ、ないとは言わないけどさ……」と言葉を濁《にご》した。

「……オレ、全然気にならないんで、帰ってもいーすか?」

口を開いたのは、伊月と水戸部のうしろに座る火神大我《かがみたいが》だ。うんざりとした顔で、背を丸める彼に、日向が「駄目だ」と睨《にら》みをきかせる。

「先輩命令だ。つき合え」

「ここでそれ言うんすか!?　これ、全然部活カンケーねえしっ！　ですよ!!」

「バカヤロウ！　大ありだろ！」

吠《ほ》える火神を日向は一喝《いっかつ》した。

「仲間の交友関係は気になるのが人情だろっ!!」

「単なる好奇心じゃねーか！　ですか!!」

「……火神、もうタメ口《ぐち》でいいぞ。むしろ、もっと言ってやれ」

伊月が静かにエールを送る。そして、火神に隠れるようにして座る、そもそも隠れる必要はないのではないかと伊月が思うほどに影の薄い存在――黒子《くろこ》テツヤに目を向けた。

「黒子もなにか言うことないか？　いくらでも言っていいぞ。オレが許すから」

「いえ、特には。……でも強《し》いて言うなら、後悔しています」

「なにを？」

「あのとき、土田《つちだ》先輩に声をかけてしまったことを」

珍《めずら》しく、しゅんとする黒子に伊月と水戸部は思わず同情した。

事の発端《ほったん》は確かに黒子の一言であった。

「土田先輩、なにかあったんですか？」

そう問いかけたのは、いまから十五分ほど前。練習を終え、部室で着替えていたときだ。

練習が早めに終わり、「どこか寄ってくかー？」「ちゃんと休めよ」などとのんびりとした会話が交わされる中で、いそいそと着替える土田聡史《さとし》の姿が黒子には気になったらしい。

土田は黒子の質問にしばしきょとんとしたが、黒子が「とても急いでるようだったので」とつけ加えると、「ああ……」と照《て》れくさそうに笑った。

「今日は、彼女とデートなんだ」

「……デート」

普段耳慣れない単語を、黒子は思わず繰り返す。

土田はバスケ部の中では唯一《ゆいいつ》の『彼女持ち』である。地味な印象を持たれがちの彼が、ある意味バスケ部で一番華《はな》やいだ存在であることは、周知の事実だった。

「部活が忙しくて、なかなか会えないからね。会える時間は貴重なんだ」

言いつつ、土田は制服のファスナーを上げる。着替えを完了させた土田に黒子は言った。

「そうでしたか。えと、ボクが言うのも変かもしれませんが、楽しんできてください」

「ありがとう。じゃ、お先に」

土田は穏《おだ》やかに笑い、部室を出て行った。

その瞬間、部室は騒然《そうぜん》となった。

「つっちー、今日デートなんだね！　どこ行くんだろ！」

小金井が目を輝かせてはしゃぐ。

「いいなぁ、デート！　オレも早く、ああなりてぇ！」

降旗光樹《ふりはたこうき》の言葉に、福田寛《ふくだひろし》はうんうんとうなずき、河原浩一《かわはらこういち》は降旗の肩に手を置き「諦《あきら》めろ」と力をこめた。

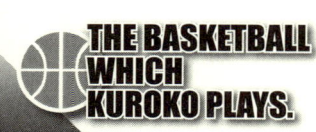

「やっぱ……実際につき合ってるやつは、余裕があるな……」

日向がなにかを重く受け止めるようにつぶやく。

各自が好き勝手に話す中、小金井の発した一言で部室は水を打ったように静かになった。


「つっちーの彼女って、どんな人？」


沈黙した一同は互いに顔を見合わせ、無言のうちに「知ってる？」「いや知らない」というアイコンタクトを交わし合った。結果、だれも土田の彼女を知らないことが判明する。

そこからの日向と小金井の動きは速かった。

一瞬止まってしまった着替えの手を再開させるや、電光石火《でんこうせっか》で身支度《みじたく》を調《ととの》え、戸惑《とまど》う水戸部と嫌がる伊月を引っ張り、あっという間に部室を飛び出した。

残された一年はただ呆然《ぼうぜん》として見送る。

「……あれ、木吉《きよし》先輩は？」

思い出したように、福田が周囲を見渡した。

「木吉先輩なら、土田先輩より先に出て行きましたよ。職員室に用があるって言ってました」

黒子が答え、「あ、そうなんだ」と福田は納得する。

「土田先輩のさっきのあれ、かっこよくなかった？」

降旗が着替えながら、他の一年に話を振った。

「さっきのあれって、どれだよ？」

聞き返したのは火神だ。

「『今日、デートなんだ』って、さらりと言えるとこだよ！」

言いながら、降旗は両手で目尻《めじり》を引っぱり、目を細くさせた。どうやら、土田のモノマネのつもりらしい。

「おお、似てるな」と火神が感心する脇《わき》で、「あ、オレもそう思った」と福田が同意する。

「デートって、ちょっと恥《は》ずかしくて言えないよな」

「そうそう！　しかも土田先輩が言うと、嫌みがないんだよ！　すごくねっ⁉」

「すごいと言えば、バスケしながら彼女ともつき合ってることだよ」

河原が腕を組み、極《きわ》めて深刻な顔をする。

「こんだけバスケ漬《づ》けで、どうやってつき合うんだろ。オレはそっちのほうが聞きたい」

「だよなー……」

降旗と福田も腕を組み、「うーん」と頭を悩ませる。特に今はウィンターカップ予選前の大事な時期だ。ほぼ毎日が練習と言っても過言ではない。その状況で、どうすれば彼女

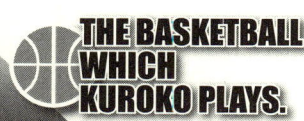

に愛想《あいそ》を尽かされることなくつき合えるのか。『彼女募集中』の看板《かんばん》を密《ひそ》かに掲《かか》げる男子高校生にとっては興味深いところだった。

一方、『バスケと飯《めし》』が脳の大半を占める男子高校生・火神は「つか、今って彼女必要か？」と一刀両断《いっとうりょうだん》に切って捨てた。その相棒《あいぼう》である黒子は、

「土田先輩は、思いやりのある人ですから、彼女もきっと理解のある人なんですよ」

と、模範《もはん》的な答えを示す。

「なるほど。さすが桃井《ももい》さんとつき合ってたやつは違う」「いえ、桃井さんとはつき合ってません」という会話がなされたあとは、とりとめもない話に花が咲き、土田についての話はそこで終わった。

てっきり終わったと思っていた。

だから、じゃんけんで負けた火神と黒子が部室の鍵《かぎ》を閉め、さあ帰ろうと歩いていたところを日向たちに捕獲《ほかく》されたときは、なにを言われているのか、しばし理解できなかった。

強引に木のうしろへ連れこまれ、驚く後輩ふたりに小金井はあっけらかんと言ったのだ。

「つっちーの彼女を見たいから、つき合ってよ！」

そして、状況はいまに至《いた》る。

なにかに役立ちそうだから、という理由で巻きこまれた黒子と火神にとっては、迷惑な

話以外の何物でもない。

後輩ふたりと、同級生ふたりの恨《うら》めしげな視線を浴びた日向と小金井は、今も熱心に校庭を見つめている。小金井が確認してきたところによると、土田の通学靴はまだ下駄箱《げたばこ》に入っていたらしい。ということは、まだ土田は校内にいるということだ。

「つっちー、彼女とどこに行くのかな。ここらへんでデートの定番っていうと、どこ？」

と小金井が伊月に振り返る。

「知らないよ」

伊月は半《なか》ば投げやりに答えた。

「えー？　伊月、デートによく誘われてるじゃん！　知らないの？」

「誘われても、行かないから」

「もったいないー」

「練習の時間が減るほうがもったいないよ」

伊月の答えに、小金井も「そこなんだよねー」とため息をつく。

「彼女は欲しいけど、練習できないのは困るし」

その点で、部活と彼女を両立させる土田を、小金井は心の底から応援していた。なので、どうしても今日は噂《うわさ》の彼女の姿を見てみたい。

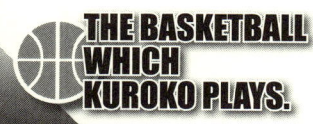

小金井は再度、校庭へ視線を向ける。

「……やっぱり準備とか、してるのかもな」

日向のつぶやきに、小金井が視線はそのままで聞き返す。「準備って？」

「いや、ずいぶん時間がかかってるから、身だしなみを整えるとか、してんのかなって。久しぶりに彼女に会うんだろ？」

「そっか！　つっちー、ジェントル！　ジェントルマン！」

小金井がなぜか感激して連呼《れんこ》した。火神は土田の姿を思い浮かべ、「身だしなみって、どこを？」と首をかしげ、黒子は丁寧《ていねい》に眉毛《まゆげ》をカットする土田を想像しようとしたが、うまくいかず諦めた。

「あ、来たぞ！」

日向の声に、小金井はもちろんのこと、伊月と水戸部にも少なからず緊張が走る。黒子はぼそっと「先輩たちの連帯感ってすごいですね……」と言った。

「あ、れ……？」

校庭をのぞき見た小金井は、自分の目を疑った。

日向の言うとおり、土田が桜並木を歩いて行く。チームメイトが木の陰《かげ》に隠れていることには全く気づかないようだ。だが、気にするべきところはそこではない。

土田はひとりだった。

「彼女と一緒じゃないんだ……」

伊月が拍子抜《ひょうしぬ》けした声でつぶやいた。水戸部もこくりとうなずく。

「……あの、もういっすよね？　オレ、帰るんで…………いでっ！」

お役ご免《めん》だとばかりに立ち上がった火神の頭を日向が鷲《わし》づかみにした。

「まだ、終わらねーよ」

「はぁ？　だって、土田先輩ひとりだったじゃねーすか！」

「火神、おまえは甘いよ……」

日向の隣で小金井がふっと笑う。

「つっちーがひとりだったということは、導き出せる答えはひとつ！」

「おそらく、学校外《そと》で待ち合わせてるんだろうな」

日向がまるで犯人を追い詰めた探偵《たんてい》のように自信たっぷりに言った。

「だから、それがどう……いでででっ！」

「ダアホ、オレらがなんでおまえと黒子を仲間に入れたと思う？」

火神は「仲間に入れてくれとは言ってない」と言いかけ、さらに頭を締めつけられて黙る。

「土田を尾行《びこう》して、彼女の謎を暴《あば》くためだよ！」

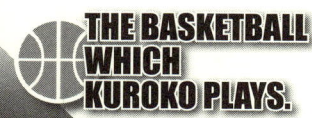

日向の堂々とした宣言に、小金井以外の四人は「やっぱり、そうなるのか……」と呻《うめ》いた。


校門を出た土田は、まっすぐに駅へと向かった。

駅前の広場まで来ると立ち止まり、人待ち顔で周囲を見回す土田を、小金井たちは建物の陰からそっとうかがう。

「いよいよご対面か……！」日向が感慨《かんがい》深げに土田を見つめた。

「学校外《そと》で会うってことは、もしかして他校生かもっ！」

小金井は周囲を見回し、それらしき女子高生がいないか、チェックする。

「……なぁ、あまりこういうことは……」

伊月は柔らかくふたりを諫《いさ》めるが、「あ、来た！」との小金井の声に、思わず身を乗り出した。いつの間にか、水戸部も建物の陰から顔を出している。

水戸部、日向、伊月、小金井がトーテムポールのように並んだ。

「シュールだ……」

げんなりとする火神の声は、当の本人たちには届かなかった。彼らの目の前で予想外の事態が発生していたからだ。

佇《たたず》む土田に、ひとりの少女が手を振りながら駆け寄っていく。

少女は私服だったが、ひと目で誠凛高校の生徒だとわかった。なぜなら——

「あれって……ミス・誠凛!?」

小金井が裏返った声で小さく叫ぶ。

少女は、土田の前でぴたりと足を止めた。

肩まで伸びた髪をさらりと耳にかき上げ、土田をまっすぐに見上げる少女の切れ長の瞳《ひとみ》は凛《りん》として気品がある。全体的にすっきりとしたプロポーションも魅力的だが、一番印象的なのは、ショートパンツからすらりと伸びる脚《あし》だ。健康的で魅惑《みわく》的なその脚は、一部の男子生徒から熱狂的な支持を集めていた。

その美人で名高い『ミス・誠凛』が、あの土田と笑顔で話していた。

「つっちー、ミス・誠凛とつき合ってたの!?」

小金井たちは驚きを隠せない。まさかそんなでもそうなのか!?　と、混乱する頭で土田たちを見つめる。

ミス・誠凛は、両手を合わせて小さく頭を下げた。対して土田は、少し照れた表情を見せ、体の前で両手を小さく振る。

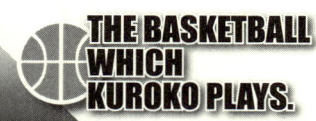

「……『遅れてごめんなさい』『ううん、オレも今来たばかりだから』って感じかな」

小金井のアテレコに、「おお、まさにそれだ！」と日向が力強く応《こた》える。

「どんなときも彼女への気遣《きづか》いを忘れない。それが彼女と長続きする理由か……！　お？」

感心しきりだった日向が、ぐっと身を乗り出す。土田とミス・誠凛に動きがあったのだ。

土田が学生鞄《かばん》に手をつっこみ、なにかを取り出す。

さりげなくプレゼントかっ⁉　と四名が注目する中、取り出されたのはノートだった。

それを土田はミス・誠凛に渡す。そこまではまだ理解できたのだが。

「……別れたっ⁉」

小金井が目を丸くして、叫んだ。

壁に背をあずけ、ぼーっとしていた火神と黒子がびくっと反応する。

「え、どうしたんすか？」

「……土田先輩、彼女とお別れしたんですか？」

火神と黒子が問いかける中、伊月と水戸部がのぞいていた頭を引っこめて、振り向いた。

「ああ、ふたりは別れた……。笑顔のままで」

「別れ話だったんすか……」

さすがの火神も、神妙《しんみょう》な顔になってしまう。嬉《うれ》しそうにデートだと語っていた土田が、まさかフラれてしまうとは。

通夜《つや》のような微妙な空気が流れた。やがて伊月が「でも……」とつぶやいた。

「なんか引っかかるな。そういう感じじゃ……」

伊月は左手で右肘《ひじ》を支え、右手を口元に当てて考えこむ。ややあって、あっと声をあげた。

「あれはたぶん……忘れ物だ」

「は？」

「土田がミス・誠凛に渡したノートには、『放送委員会会議録』って書いてあった。確か、ミス・誠凛も土田も同じ放送委員だ！」

「つまり土田先輩は、ミス・誠凛に委員会のノートを渡すために、待ち合わせをしただけということですね」

黒子の推測《すいそく》に、伊月はうなずいた。そういう背景があるならば、土田とミス・誠凛が笑顔で別れた理由も納得できる。

「そっか、土田先輩フラれてなかったんだな。よかった……」

火神がほっと息を吐いた。水戸部も大きくうなずく。しかし、黒子だけが「……そうでしょうか？」とつぶやいた。

「なんだよ、先輩が不幸にならなかったんだから、喜べよ」

火神がむっと眉間《みけん》に皺《しわ》を寄せて黒子を睨《にら》んだ。

「そこは喜んでいます。ですが、ボクたちの受難《じゅなん》は続きそうですよ」

黒子が目を向けた先——先ほどまで日向と小金井がいた場所に、ふたりの姿はなかった。

「あれ？」

消えたふたりの姿を捜し、火神が周囲を見渡す。

「……火神、あそこだ」

伊月が頭痛をこらえるように額《ひたい》に手を当て、暗い声でとある方角を指さす。

「え？」

指さされた方角を見ると、十メートルほど離れた先で電柱に隠れる小金井と日向の姿があった。さらに先へ視線を向けると、土田が歩いている。

啞然《あぜん》と火神が見つめていると、日向がくるりと振り向き、口元に一本指を立てると、逆の手で手招きをした。「気づかれないように来い」と言っているようだ。

眼鏡《めがね》の奥で目が「まだまだ尾行するぞ」と語っている。しかも何故《なぜ》か、さっきよりも輝いている——ように火神には見えた。

「帰りてぇ……」

「奇遇《きぐう》ですね。同意見です……」

黒子と火神、水戸部と伊月はそろってため息をつき、のろのろと歩き出した。


駅前広場をあとにした土田は、商店街を歩いて行く。

小金井たちの一団は、様々な商店の軒先《のきさき》に身を隠しながらあとを追った。

「ちょっとわくわくするよね、こういうの」

書店で雑誌を立ち読みするフリをしながら、小金井が隣に立つ日向に言う。

「ああ。なんつーか、昔こういうの、本で読んだわ」

日向もどこか楽しんでいるふうで、「トレンチコートとか着て、犯人を追いかけるんだよな」と話す。

「土田を犯人扱いするなよ。どちらかというと、オレたちのほうが犯罪者っぽいぞ」

伊月が呆《あき》れた声で日向たちをたしなめると、小金井がえへへ……と笑った。

「火神君、なにを読んでるんですか？」

黒子が火神の持つ雑誌を興味深そうに見つめた。

「ん？　料理雑誌」

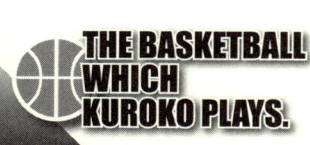

火神が黒子に開いている雑誌を見せる。料理のレシピが写真とともに掲載されていた。

「「似合わねぇ！」」

日向、伊月、小金井が声をそろえた。

「なに、乙女《おとめ》チックなことしてんだよ！　おまえの漢《オトコ》はどこ行った⁉」

「別に乙女じゃなくても料理ぐらいするっすよ！　今日の夕飯の参考にしようと思って！」

勢いこんで反論する火神の肩を、水戸部がなだめるようにぽんぽんと叩《たた》く。

「水戸部先輩？」

振り向いた火神に水戸部はにっこりと微笑《ほほえ》み、持っていた雑誌を掲げた。

火神はいぶかしげに雑誌の見出しを読み上げる。

「『漢飯《オトコメシ》！　料理バカ一代』。おお、これ、いいじゃないすか！」

火神は喜んで、水戸部から雑誌を受け取った。水戸部も嬉しそうにこくりとうなずく。

料理上手な者同士、通じるものがあるようだ。

「オレ、ちょっとこれ買ってきていいすか⁉」

「ああ、急げよ……って違うだろ！」

一瞬流されそうになった日向があわてて言葉を翻《ひるがえ》す。

「オレたちは本屋に来たんじゃねーだろ！　雑誌買ってどうする！」

「あの、だったら文庫を買ってきてもいいですか？　新刊が出たみたいなんで」

「黒子！　それも違うだろうが！　オレたちは土田を……」

「きたっ!!」

日向の言葉を遮《さえぎ》るように、小金井が鋭く叫んだ。

「つっちーの彼女！　年上！」

「なにっ!?」

年上、という響きに全員が一斉《いっせい》に首を回した。

日向たちから離れること二十メートルほど先に、土田はいた。そしてその隣には、淡いグレーのスーツに身を包んだ女性が立っている。年の頃は二十代前半といったところか。ヒールの高い靴。きゅっとくびれた腰。ふっくらした胸元。ゆるやかに流れる長い髪。化粧を施《ほどこ》し、はっきりとした顔立ちの女性は、明らかに日向たちとは違う『大人の世界』の住人だった。そんな大人の女性が、親しげに土田に話しかけている。

「……予想外な展開だな」

日向の言葉に、全員がうなずいた。

土田と年上の彼女はいくつか言葉を交わすと、近くの喫茶店へと入っていった。

「つっちーってば、ひとりで大人の階段を……」

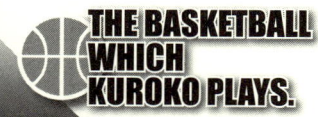

小金井が、なぜかショックを受けた様子でつぶやく。

「あのふたり、どんなことを話すんだろ……」

ごくり……と誰のものともなく喉《のど》が鳴る。そしてごく自然に視線は黒子に集まった。

「え」

黒子はたじろぎ、一歩足を引いた。

「黒子、出番だぞ」

がしっと日向が黒子の両肩に手を置く。

「あの、もしかしてボクが見てくるんですか?」

「おまえ以外に適任者はいないだろ? さりげなく土田たちの会話を聞いてこい」

これは軍資《ぐんし》金《きん》だ、と日向は黒子に千円札を握らせる。

「いえ、ですが……」

「これはキャプテン命令だ」

「………」

そう言われると、黒子も強く断れない。それでも助けを求めるように、他の先輩たちにアイコンタクトをとる。しかし、頼みの綱《つな》である伊月と水戸部は申し訳なさそうに視線をそらした。最後に火神を見て、先輩を止めてくれ、と目で訴える。

が、火神も視線をそらした。

「火神君……」

黒子が低い怒りの声を向ける。

「すまん、黒子……。オレもちょっと気になった……」

火神が申し訳なさそうに、ぼそっと言った。

なにしろ、あの土田が年上の、あきらかにキャリアウーマン風の女性とつき合っているというのだ。意外な組み合わせには、どうしても好奇心が湧《わ》く。

結局、黒子は抵抗するのを諦め、「じゃあ、行ってきます……」とひとりで喫茶店へと入っていった。

日向たちは書店の前で、黒子が出てくるのをじっと待つ。

「なあ、どんな話をしてると思う？」

小金井がわくわくとした様子で日向に尋《たず》ねた。

「やっぱ……大人な感じじゃねーの？『坊や、元気にしてた？』とか……」

「相手は二十代前半だぞ。その年齢で『坊や』とか言ってたら、怖いから」

日向の妄想《もうそう》に伊月が冷静にツッコミを入れる。

そんなことを話しながら、待つことおよそ五分。喫茶店から黒子が姿を現した。

「……あれ、早くね？」

驚く一同のもとへ、黒子が静かに駆け寄ってくる。「聞いてきました」

「で、どうだった⁉」

「英語の教材について、熱く語られていました」

「は？」

黒子によると、年上の彼女は、英語教材のセールスレディであり、土田はたまたま路上で声をかけられただけらしい。「話だけでも」とセールスレディに喫茶店に誘われ、懇切《こんせつ》丁寧《ていねい》に製品について説明を受けていた、ということだった。

「つっちー、声かけやすい顔してるもんなぁ……」

小金井がしみじみとつぶやく。全員が『誠凛の良心』と呼ばれる土田の顔を思い浮かべ、さもありなんと納得した。

やがてそわそわと水戸部が喫茶店を気にし始めた。「どうした？」と伊月が声をかけるより先に、小金井が「大丈夫だって！」と水戸部の背中を叩く。

「そんなに心配しなくても、つっちーもこんなとこで英語教材を買わないよ。それに、つっちーの得意科目は英語だし、買う必要ないじゃん」

小金井の言葉に水戸部がほっとしたのか、うなずく。

そんなふたりの様子に、他の四人は思いをひとつにする。

……だからなんで小金井は、水戸部の気持ちがそこまでわかるんだよ？

驚きと尊敬と疑問が混ざった眼差《まなざ》しを受け、小金井は「へ？」と首をひねった。

ほどなくして、土田とセールスレディは喫茶店から姿を現した。二、三、言葉を交わし、ふたりは別れる。セールスレディの様子からして、土田は教材を買わなかったようだ。

土田は商店街を抜け、住宅街へと歩いて行った。

こうなると、あとをつける小金井たちにとっては不利な状況となる。隠れる場所が一気に少なくなったのだ。そこで気づかれるのを避けるために、距離は離れてしまうが、土田が住宅街の角を曲がるまでは隠れて待ち、土田が角の向こうに消えるのを見てから、あとを追うという作戦をとった。

そうして、何度目かの角を曲がった頃。

「……来たぞ！」

曲がり角の先をうかがっていた日向が、興奮《こうふん》した顔でうしろのメンバーを振り向く。

「え、つっちー、戻ってきたの⁉」

あわてて隠れる場所を探す小金井に、日向は言った。

「違う！　彼女だよっ！」

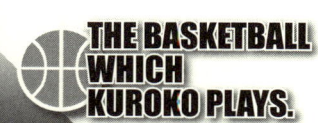

「‼」

一同は三度目の正直にかけた。当初は乗り気ではなかった伊月と水戸部も、なんだかんだで巻きこまれた火神と黒子も、ここまで来ると、もはや土田の彼女を見ないでは帰れない気持ちになっていた。ある意味、男の意地である。

今度は全員でトーテムポールのように壁から頭をのぞかせて、道の先をうかがった。

「…………日向、彼女というのはあの子か？」

伊月が緊張を隠せない声で尋ねた。

「ああ。土田を見つけると、嬉しそうに駆け寄って来たんだ」

「そうか……。土田は年下趣味だったんだな」

曲がり角の先、土田と楽しげに話す少女は、セーラーカラーが眩《まぶ》しい中学生だった。

「…………ていうか、あの子。誰かに似てないっすか？」

火神が誰に言うでもなくつぶやくと、「そう言われると……」と黒子が首をひねる。

伊月と日向もじっと少女を見つめた。

たしかに誰かに似ている気がする。特に、きりりとした眉《まゆ》のあたりが。

「そりゃ似てるよ。あの子、水戸部の妹だもん」

「なんだとっ⁉」

小金井の何気ない一言に、日向と伊月は声をそろえた。

「水戸部。あの子、妹の千草《ちぐさ》ちゃんでしょ？」

小金井が問いかけると、青ざめた水戸部がゆっくりと……うなずいた。

「マジでかっ⁉」

日向は戦慄《せんりつ》した。伊月も信じられない様子で「水戸部、このこと知ってたか？」と尋ねると、水戸部はふるふると首を振る。

小金井はあっけらかんとして、

「あははは、つっちーが千草ちゃんと結婚したら、水戸部、つっちーと兄弟じゃん！」

と言い、なにもそこまで先のことを考えなくても……と誰もが思ったとき。

「あ、別れますよ」

黒子が言った通り、土田と水戸部の妹は手を振って別れ、妹はまさにこちらへと歩いてくる。日向たちはあわてて頭を引っ込めた。

曲がり角にさしかかった水戸部の妹は、そこでたむろっている（ように装った）日向たちにすぐに気づいた。

「凛兄《にい》？　どうしたの、こんなところで。あれ？　顔色悪くない？」

彼女は目を丸くしながら、顔面蒼白《がんめんそうはく》の兄に近寄る。いろいろと複雑な心境の水戸部は、なんとか取り繕《つくろ》おうとするが、うまくいかずに引きつった笑みを浮かべるだけだった。

代わりに、小金井が天真爛漫《てんしんらんまん》な笑顔で彼女に声をかけた。

「千草ちゃん、ひさしぶりー！　元気だった？」

「うんっ。小金井さんも元気そうですね」

穏やかに小金井と水戸部の妹が話す隣で、他のメンバーの心は穏やかではない。

「……おい」

日向が小金井を急《せ》かすように背中を突いた。ようやく当初の目的を思い出した小金井が水戸部の妹に尋ねる。

「千草ちゃん。つっちー、じゃなくて土田と一緒じゃなかった？」

「土田さん？　うん、会ったよ」

「えっとさぁ……ズバリ聞くけど、つき合ってるの？」

「え？　……えぇ!?　な、なんで知ってるの!?　凛兄にも言ってないのに！」

「!!」

一同は大きく仰《の》け反《ぞ》った。水戸部はショックのあまり、肩に提《さ》げていた鞄《かばん》を落とした。

そんな兄の気持ちなどつゆ知らず、水戸部の妹は両手で赤く染まった頬《ほお》を押さえる。

「で、でもねっ、まだつき合ってるわけじゃなくて、告白されただけで……」

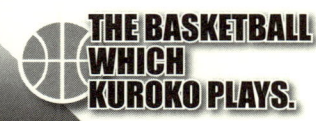

「!!」

日向は口元を押さえ、『告白』という偉業をなした土田に震えた。

えへっと笑う水戸部の妹に、「……あの、いいですか？　ちょっと気になることが」と、黒子が声をかける。

突然現れた黒子の姿に、水戸部の妹は驚きの声をあげた。

「え、うそ、どっから出たの⁉」

「すみません、驚かせて。ずっといたんですけど……」

いつもは聞き流す反応も、年下の少女となると黒子も気を遣《つか》うのか、珍しく謝る。

黒子は水戸部の妹に尋ねた。

「よかったらその人の名前、教えてもらえますか？」

「え？　えと、それは……」

恥《は》じらいつつも、どこか嬉しげな少女の答えを、日向たちは真剣な面持《おもも》ちで待った。

「……同じクラスの嶋崎君《しまさき》」

「ですよねー！」

ほっとして苦笑する一同の隣で、妹の成長に水戸部はひとり落涙《らくるい》し、その姿に唯一気づいた黒子がそっとハンカチを差し出した。

水戸部の妹と別れた一同は、あらためて土田のあとを追った。

思わぬところで時間を費《つい》やしてしまったので、駆け足である。

「っていうか、水戸部の妹と土田が別れた時点で、彼女って線はなかったんだよな！」

日向が無駄に驚いたことを後悔する。

「そうだよな、兄の友達なら顔ぐらい知ってそうだし」

伊月が同意し、隣を走る小金井もそうそうとうなずく。

「オレとつっちーで水戸部ん家《ち》に遊びに行ったことあったし！」

「それを先に言えよ!!」

「はっ、家でイエィ！」

「伊月、うざい！」

ぎゃーぎゃーと喚《わめ》きながら、日向たちはあたりを見回すことも忘れない。

実のところ、土田を見失っているのだ。土田が歩き去った方角を頼りに、とりあえず走って追いかけているが、いまだにその背中を見つけることができないでいた。

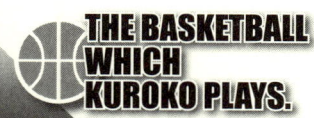

「うー、もうここまでかなぁ」

小金井が空を見上げる。太陽は傾き、そろそろ夕暮れだ。

「今頃、つっちーは彼女とデートかぁ……あ」

小金井が口をつぐみ、足を止めた。

「どうした、コガ?」

伊月が尋ねて足を止めると、他のメンバーも続いて、小金井に振り向く。

小金井はにぱっと笑うと言った。

「デートっていえばさ、やっぱあそこでしょ!」


小金井の提言により、一同は近くの公園を訪れた。

公園を囲む木々に隠れて、園内の様子をうかがいながら、日向は感心して言った。

「そうか、確かにデートは公園でしてそうだよな」

「でしょ!　オレ、冴《さ》えてる!」小金井が胸を張る。

公園には遊具《ゆうぐ》の他に、憩《いこ》いの場として使えるように花壇やベンチが多く見られた。

「あ……あれって土田先輩じゃないすか？」

目をこらしていた火神が、ベンチのひとつを指さす。

「どれ!?」

すぐに他のメンバーが一緒になって目をこらした。

「ほら、あれっす……」

火神が指さしたのは、左手のほうにあるベンチだった。そこに土田が座っていた。

ベンチは日向たちに向かってほぼ真横を向いているので、土田の横顔は見えても、その向こうはわからない。だが、誰かが隣にいるのは確かで、土田は楽しげに話しかけていた。

「やっと……！」

小金井が感激に声を震わせた。

「なんだかいい雰囲気《ふんいき》だな」

伊月も穏やかな笑みを浮かべる。水戸部も微笑んでこくりとうなずいた。

「……土田先輩、ほんとに彼女いたんすね」

火神がぼそっと言うのを聞いた黒子は、怪《け》訝《げん》そうに彼を見上げた。

「火神君、信じてなかったんですか？」

「いや、なんつーか、今日いろいろありすぎて、現実味わかねーっつうか……」

「つねりましょうか?」

「いらねーよっ!」

火神が睨《にら》むと、黒子は「いい案だと思うんですけど……」と残念そうに息を吐いた。

「でもなぁ、せっかくここまで来たなら、ちゃんと土田の彼女の顔を見たいよな」

日向はそう言うと、彼女の顔が見える位置を探そうと、そろそろと右へ移動していく。

他のメンバーもぞろぞろと続いた。

「あ」と黒子が声をあげたのは、そのときだ。

全員が黒子に振り返り、「どうした?」と火神が尋ねた。黒子は無言のままに土田たちを指さす。土田の足下に、サッカーボールがころころと転がってきていた。

「すいませーん! ボール取ってくださーい!」

少し離れたところから、小学生らしき少年が、土田に向かって手を振っている。

土田はうなずくとボールを拾い、立ち上がった。

「!?」

日向たちは呼吸を忘れた。

目の前の光景を、現実と認識していいのか——

脳のすべての機能がその難問にかかりきりになり、フリーズしたかのようだった。

そんな中、土田は軽々とボールを投げ渡すと、ベンチに座ったままの彼女——白髪《しらが》を結《ゆ》い上げ、過ごしてきた日々偲《しの》ばせる皺の深い老婦人に振り向く。

「ば、ばあちゃんが彼女……！」

いち早く脳が通常の動きを取り戻した火神の言葉に、他の面々がはっと我《われ》に返った。

火神を押さえつけるようにして、全員がしゃがみこむ。しかし、皆の混乱はまだ続き、何とも言えない顔で見つめ合った。火神がかすれた声で尋ねた。

「あれって……土田先輩が……ばあちゃん好きってことっすか？」

「バ、バカヤロウ！　もっと言葉を選べ！」

日向の怒りの拳《こぶし》が火神を襲う。

「いでっ！　じゃあ、なんて言やぁ、いいんすか！」

「ここは……『超熟女趣味』とか！」

「日向、それもどうかと思うぞ」

伊月が日向と火神の間に割って入る。

「前提をまず間違えてるだろ。あれはおそらく、彼女じゃない」

「だよね……。さすがにおばあちゃんが彼女なわけ、ないよね……」

小金井がげんなりした顔で言った。水戸部もうんとうなずく。

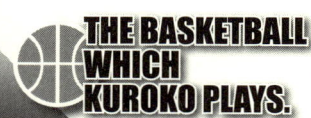

「となると、土田先輩の彼女はいったい……」

黒子はつぶやき、土田をもう一度見ようと振り向いた。

「あ……」黒子は目をしばたたいた。

そこにはもう土田も老婦人の姿を見つけることはできなかった。


翌日の放課後、日向、伊月、小金井、水戸部、火神はどこか暗い顔で部室に入った。

結局、土田の彼女を見つけられなかった彼らは、ひとつの推論《すいろん》を導き出してしまった。

それはつまり、こうである。

「つっちーの彼女って……妄想なんじゃない？」

言い出したのは小金井だ。当初、他のメンバーは「あの土田だぞ!?」と反論したが、

「でも、今日会うって言ってたのに、会わなかったじゃん」という小金井に、沈黙するしかなかった。

時刻はもう夕暮れ。これから彼女に会うという時間帯ではない。そもそも、土田は「会う時間を長く取りたい」と言っていたのに、彼の行動にはどこにも急いでいる様子はなかっ

た。
「毎日練習キツイからさ……妄想しちゃったんじゃないかな……」
自分で言いながら、小金井は傷ついた顔をする。
いやまさかそんなでももしかしたらいいや土田に限ってそんなことは……！
彼らは悶々《もんもん》と考えた。しかしいくら考えたところで、答えが出るわけがない。
終止符《しゅうしふ》を打ったのは、黒子だった。

「保留にしましょう」

その建設的提案に全員賛成し、帰路についた。
そして一夜明けて、今日である。
保留にする、と決めたところで、練習に参加すれば土田に会うのは必至《ひっし》だ。
いろいろな疑念《ぎねん》の浮かぶ状態で、いったいどのように土田と接すればいいのか。
できれば、練習の始まるギリギリまで顔を合わせたくない。
そう思っていたのに、さっそく部室で土田と会ってしまった。
「……なんか、あったのか？」

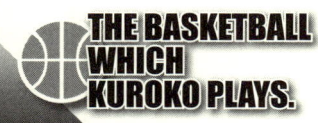

どこかぎこちない様子で着替える小金井たちに、土田は首をかしげた。

「べ、べべべ、別に！」

小金井はぐるっと顔を土田から背《そむ》けて答えた。

「そうなのか？　体調悪いなら、無理しないほうがいいぞ」

つっちーこそ、無理しないでくれ。優しく気遣う友人の姿に、小金井は泣きそうになる。

「土田先輩。タオル、新しくしたんですね」

一方、黒子はいつもと同じように土田に接していた。ウェアに着替えた土田が首から提《さ》げるタオルについて、普通に話しかけている。

こいつ、揺るぎねぇ！　火神は黒子の態度に恐怖した。

そんな相棒の心中など知るはずもなく、黒子は土田のタオルに注目している。

「あ……刺繍《ししゅう》ですか？」

淡いオレンジのタオルに、赤い刺繍糸で「for S·T from T」とイニシャルが刺繍されていた。ひと目で手製とわかるたどたどしさがある。

土田は照れたように笑った。

「彼女が刺繍してくれたんだ」

土田、自分で刺繍しちゃうぐらい妄想が……！　日向は折れそうになる心を支えようと、思わずロッカーに手をついた。

「……日向、大丈夫か？」

着替えていた木吉が、驚いた顔で日向を見つめる。

「あ、ああ……なんでもない」

日向は深呼吸をして、着替えを再開した。

「なら、いいけど……。なぁ、土田。そのタオル、昨日もらったのか？」

「え？」

木吉の問いかけに、答えたのは土田だったが、日向・伊月・小金井・水戸部・火神も心の中で同じ言葉を発した。

「そうだけど……。木吉、なんでわかるんだ？」

土田が不思議そうに尋ねる。

「昨日、土田が彼女と一緒にいるとこ、見たからさ」

「ええ————っ!?」

堪《たま》らず叫んだのは、小金井だった。

驚く土田をよそに、小金井は木吉に詰め寄る。

「木吉！　どこでつっちーの彼女、見たの!?」

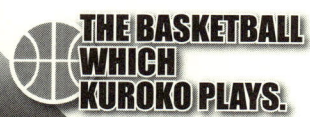

「どこって……教室で」

「教室⁉」

「昨日の練習のあとで、土田と彼女が教室で話してからさ」

「……は？」

小金井の思考が止まる。

「土田先輩、教室でデートだったんですか？」

黒子が尋ねると、土田は「うん」と微笑んだ。

「お互い部活が忙しくてさ。デートって言っても、十分ぐらい話すだけなんだよ。でも、忙しい中、作ってくれたんだ」

土田は幸せそうにタオルの刺繍をなでた。

「……すてきな彼女さんですね」

「オレもそう思うよ」

土田は照れくさそうに笑い、「先に行くよ」と部室を出た。

ぱたんとドアが閉まると、黒子は言った。

「惚気《のろけ》られました」

「いや、おまえが言わせたんだろ！　つか、そういうことじゃねーしっ‼」

火神は混乱気味に言い、ぱっと木吉を見た。

いつの間にか、日向も伊月も水戸部も小金井も木吉を見つめている。

「ん、どうした？　顔になんかついてるか？」

「木吉……おまえ、土田の彼女を見たことあるのか？」

日向が低い、絞《しぼ》り出すような声で尋ねると、木吉はにこにこと笑って答えた。

「まあな。去年、同じクラスだったし」

「同じクラス！」

日向が衝撃を受ける。なぜそんなに驚くのか、木吉にはわからず、首をかしげた。

「大丈夫か、日向？」

「あ、ああ……じゃあ、最後の質問だ」

「おう、どんとこい」

「土田の彼女はどんな子だ!?」

木吉は「ん？」と片眉《かたまゆ》を上げると、しばらく考え、にっこりと笑って言った。

「普通の女の子だ」

それはいつもであれば、「答えになってない」と怒鳴りつけられる解答だった。

しかし、今日このときばかりは違った。

THE BASKETBALL WHICH KUROKO PLAYS.

「よかった〰〰〰!!」

手を叩き合い、喜び合う声は、しばらく止《や》むことなく続いた。

後日、伊月と水戸部の提案により、部の安寧《あんねい》のためにも土田の彼女については触れないという紳士協定が密《ひそ》かに結ばれるのだった。

第5G《ゲーム》
はたらく陽泉高校《バスケットマン》

灰色《はいいろ》の雲で覆《おお》われた空から、はらはらと綿菓子《わたがし》のような雪が降ってくる。

降り積もった雪を踏みしめながら、紫原《むらさきばら》敦《あつし》は眠そうな目で空を見上げた。

この春、陽泉《ようせん》高校に進学したのを機に秋田で暮らし始めた紫原にとって、当初は物珍《ものめずら》しかった雪も、こう毎日降るのではもはや日常だ。

今年の秋田は初雪が早かった。その上、よく降る。

十一月半《なか》ばだというのに、雪一色となった街中を早くも除雪車が走るほどだ。

けれど今、紫原たちに降る雪は儚《はかな》く静かで傘《かさ》をさすほどではない。

紫原は空を見上げたまま、口を開けた。伸ばした舌先《したさき》に雪が触れれば面白《おもしろ》いと思ったのだが、そう簡単にはいかない。むう……と眉間《みけん》に皺《しわ》を寄せ、なかばムキになって口を開け続ける紫原に、隣を歩く氷室辰也《ひむろたつや》が声をかけた。

「アツシ、なにをやってるの？」

「んー……雪食べてる」

「え？」

氷室は前髪に隠れていない右目をわずかに見開き、やがて楽しそうに目を細めると、

「ほんとアッシはおもしろいね」と微笑《ほほえ》んだ。

「室《むろ》ちんも食べてみたらー？　どっちが先にうまくキャッチできるか、競争しようよ」

「オレは遠慮しておこうかな。それより転んだりしたら、あぶないよ？」

「平気だしー」

「過信《かしん》はよくないな。それにアッシが転ぶと、一番被害を受けるのは、主将と劉《リュウ》だ」

突然名前を呼ばれ、彼らの前を歩く主将の岡村建一《おかむらけんいち》と、うしろを歩く劉偉《リュウウエイ》がぎょっとして、氷室を見る。氷室はふたりの視線を肌《はだ》に感じながら、にこやかな笑みを浮かべて続けた。

「いくらなんでも、90キロ以上あるアッシは受け止められないんじゃないかな」

「えー、そぉ？」

不思議そうに氷室を見返す紫原に、岡村と劉がこぞって叫ぶ。

「あたりまえじゃい！　ちゃんと前を見て歩け、紫原！」

「そうアル！　転ぶなら、ケツアゴリラを巻きこむアル。ついでにケツアゴ、ぶち割るアル」

「割る!?　なんで割るんだ！　その前に、ケツアゴリラってなに!?」

「ケツアゴリラは、ケツアゴリラアル。そのケツアゴ、中途半端に割れてて気持ち悪いアル」

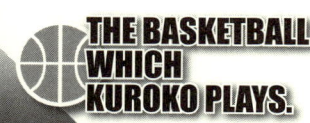

「人の骨格、気持ち悪い言うな！」

岡村が叫ぶと、岡村の隣を歩いていた福井健介《ふくいけんすけ》がうるさげに両手で耳を押さえ、「うっせーよ！　近所迷惑だろが、黙れ！　アゴリラ！」と、一喝《いっかつ》した。

「アゴリラ……！　うう、この部にワシの味方はおらんのか……」

目頭《めがしら》を押さえ、身長二メートルの岡村が肩を落として悲しみに暮れる。

それを見た福井は「そういうの、マジ似合わねーから」と岡村の意外とナイーブなガラスのハートをばっさりと切り捨て、うしろを歩く紫原、氷室、劉、そしてその後に続く、陽泉高校男子バスケ部のレギュラー陣に向かって声を張った。

「おめーら、これも授業の一環《いっかん》だからな！　たらたらすんなよ！」

福井の声に、レギュラー陣が「ハイッ」と元気よく返事をする。

唯一《ゆいいつ》、紫原だけが「はー、めんどくさ……」と答えた。

伸びた髪をかき上げ、紫原はため息をつく。「授業で雪像作りってありえないしー…」

陽泉高校では、その教育方針から年に数時間の『奉仕《ほうし》活動』の単位が設《もう》けられている。

その内容は様々で、周辺地域の清掃《せいそう》から、老人ホームでの賛美《さんび》歌斉唱《かせいしょう》など多岐《たき》にわたる。

本来であれば、学校が定めた『奉仕活動日』に、各生徒は自分の希望する内容の『奉仕活動』に参加するのだが、先日の『奉仕活動日』は、バスケ部の公式試合と重なってしまい、レギュラー一同は欠席せざるをえなかった。そのため学校側の特別措置《そち》として、別日にあらためて設定された『奉仕活動日』が今日であり、これから始まる。

奉仕内容は、『雪像作り』だ。

地域で一番広い緑地公園に雪像を作り、周辺住民に楽しんでもらうことが狙《ねら》いである。

「雪像って作ったことないしー。てか、素人《しろうと》に作れるの？」

紫原のぼやきに、氷室がくすりと笑った。

「アツシ、もしかしてすごく豪華《ごうか》な雪像をイメージしてない？」

「違うの？」

「オレたちが作るのはもっと簡単なものらしいよ。雪だるまとか、かまくらとか」

「それって雪像って言わないじゃん。つまんない」

「……アツシ」

「なに？」

「意外と雪像作り、楽しみでしょ？」

「…………べつに、そんなことないし」

「そう？」

ぷいっと顔をそらした紫原を、氷室はどこか楽しげに見つめ、「オレはけっこう、楽し

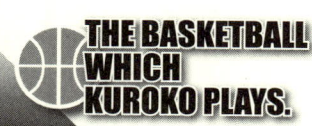

みだけどな」とつけ加えた。

「そんなこと言ってられるのも、いまのうちだけだぞ」

福井が振り返り、口を挟《はさ》んだ。「ありゃ、単なる重労働でしかないっ」

「福井さんは、前にも雪像作りしたことがあるんですか？」

氷室の問いかけに、福井は「オレと岡村はな」と答える。

「ワシらが一年ン時も、試合と奉仕活動日が重なってな。そん時も雪像作りじゃった」

傷ついた心を短時間で立て直した岡村が、いつもの声の調子で振り返らずに言った。

「汗《あせ》かくわ、足場悪いわ、散々《さんざん》な目にあったよな」

「だなぁ。あとはまぁ、あいつらがのう……」

「ああ、ありゃねーよなぁ」

岡村と福井が、昔を思い出し、うんざりした様子で同時にため息をつく。

ふたりの気になる物言《ものい》いに、氷室は「なにかあったんですか？」と尋《たず》ねた。

「ひとことじゃ言えんのだが……まぁ、たぶん今年も会えるじゃろ」

岡村は笑って、「楽しみにしとけばええ」と言い、その直後に、「そういう思わせぶり、うざいアル」と劉に言われ、また落ちこんだ。

目的の緑地公園についた一行は、早くも『あいつら』と遭遇《そうぐう》する機会を得た。

緑地公園へ遊びに来ていた、保育園児たちである。

雪を集めてかまくらや雪だるまを作っているだけでも、保育園児には興味深い行為であるのに、さらにそれを作っているのが、高校生の一団——しかもやたらと背が大きいお兄さんばかりの集団となれば、保育園児たちの好奇心は否《いや》が応《おう》にも刺激される。

まるで動物園のパンダに観光客が群がるように、スコップを手に作業に励《はげ》む一同に、保育園児たちはわらわらと集まった。

どういうわけか、一番人気は岡村だった。かまくら用に雪を盛り上げる岡村に、男の子たちが群れとなって押し寄せ、質問攻めにする。

「ねぇねぇ、なにしてんの？」

「……かまくら作ってんじゃ」

「なんで？　なんでかまくら作るの？」

「……なんでだろうな」

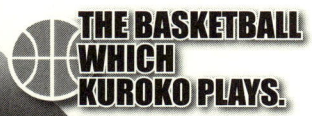

「えーっ、わかんないのに、作ってんのー？　おじちゃん、バカじゃねー？」

「誰が、おじちゃんじゃい!!」

岡村は怒鳴るが、それさえもおもしろいのか、保育園児たちは甲高《かんだか》い笑い声をあげて、蜘蛛《くも》の子を散らすように走り去った。

「だーっ、なんでワシばっかり、ガキが群がるんじゃ！」

ヤケになって猛烈なスピードで雪を積み上げる岡村に、一緒に作業を進めていた福井は「そりゃ、そうだろ」と冷静に答える。

「ゴリラが檻《おり》から出て働いてたら、気になるじゃねーか」

「誰がゴリラじゃ！」

「おまえ以外にいるか？　いい加減、自覚しろよ」

しれっと福井は言い、打ちのめされる岡村を放ったまま、作業を続ける。続けながらも、再び寄ってくる園児に「ほら、あんまり近寄るとあぶねーぞー」と目を配ることを忘れない。

岡村の言葉には耳も貸さない保育園児らだが、福井の注意には素直に従った。そのことがさらに岡村を落ちこませる。

「なんでおまえの言うことは聞くんじゃ……」

「オレ、昔からガキに言うこと聞かせるの、うまいんだよな。つか、保育士さんたちも、ちったぁガキどもの動きを見とけ……」

福井の言葉が途中で止まった。

不思議に思った岡村が「どうしたんじゃ」と尋ねると、「あれ、見ろよ……」と、少し離れた場所を指さす。言われるままに見て、岡村は絶句した。

そこには、保育士さんたちに笑顔で話しかける劉の姿があった。

「お姉さんたち、とてもきれいアル。ひよこエプロン、こんなに似合う人、いないアル」

「劉――――っ!!」

岡村の叫びに、劉は驚いて振り向いた。

「なにやっとんじゃぁ!!」

怒鳴りながら、地《じ》響《ひび》きを鳴らす勢いで歩いてくる岡村に、劉は冷たい視線を向ける。

「邪魔しないでほしいアル。モミアゴリラ」

「呼び方を変えるなぁ!!」

「バカ、ツッコミどころ違うだろ」

ついてきた福井が、岡村を押しのけ……ようとして、動かせず、仕方なく岡村を迂回《うかい》し、劉の腕をつかんで保育士さんたちから引き離した。

保育士さんたちから適度な距離を取ったところで、福井は改めて劉に向き合う。

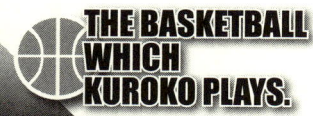

「劉、なにやってんだよ。おまえ、雪集めの係はどうした？」

「ちょっと休憩《きゅうけい》アル。休憩ついでに、キレイなお姉さんとお話アル」

「休憩中にすっことかぁ、そりゃぁ⁉」

福井の隣に立つ岡村が、どこか羨《うらや》ましさを含んだ声で怒鳴った。

「モアラ、五月蠅《うるさ》いアル」

「もはや原型がないっ⁉」

「いやだから、岡村は少し黙っとけ。劉、さっきも言ったが、一応いまは授業中だ。きれいなお姉さんが気になるのはわかるけど、まずは待て」

「でも、女の人見たら、声かけろ言ったのは、福井アル」

「え？」

思わぬところで自分の名前が出てきて、福井は目を丸くした。

「オレ？　え、いつ言った、そんなこと」

「言ったアル。ワタシが日本に来てすぐの頃、日本人は女の人を見たら、まずは声をかけるって、教えてくれたアル」

福井がきょとんとして劉を見つめ返す。劉も譲《ゆず》らない姿勢で福井を見つめ返す。

しばらくして、福井がぽんと拳《こぶし》を手のひらに打ちつけた。

「あ、あれか」

「言ったんか……」

岡村が「なんてことを言うんじゃ……」という非難の目で、福井を見下ろした。

「いや、まあ……ちょっとな」福井は口角《こうかく》を上げて笑ったが、その笑顔は引きつっていた。

初めて劉に会ったときに、「語尾にアルをつけるのが流行《はや》っている」と適当にウソを教えたところ、その後ずっと「アル」を語尾につけ続けるので、つい悪戯心《いたずらごころ》が働き、さらにウソをついたことを、いまになって思い出したのだ。

福井は困って「うーん」と、首のうしろをかいた。すると、

「……もしかして、ウソだったアルか？」

劉の鋭い目が、さらに鋭くなり、福井を見つめる。静かに怒りのオーラが立ち上っていた。

「い、いや、ウソじゃねーよっ！　でも、ＴＰＯ《ティーピーオー》ってのが、あんだって！」

「ＴＰＯ……？　なにアルか、それ」

「えっ!?　えっと、あれってなんの略だ……？　あ、そうだ、あれだよ！　『ちょっと《Tyotto》・パッション《Passion》・おさえてこーぜ《Osaeteikouze》』の略だよ！」

「ちょっとぱっしょんおさえてこーぜ……？」劉が訝《いぶか》しげに繰り返した。

隣の岡村がひどくモノ言いたげにしているが、福井は無視し、畳《たた》みかけるように劉に話す。

「そうそう！　女の人に声かけるのはさ、正しいっちゃ正しいんだけど、がっついちゃダメっ！　ここぞって時までＴＰＯで、パッションは抑え気味ってのが、日本人なんだぜ？」

「そうだったアルか。また勉強になったアル」

なるほどとうなずく劉の姿を見て、岡村は彼の留学生活に不安を覚えた。

先日も、紫原が「お菓子は正義なんだよ」と劉に話していた。

この様子では本気で「お菓子は日本の正義アル」と思いこんでいるかもしれない。

日本のイメージが……！　岡村は先輩として気を揉《も》んだ。

だがすぐに、そんなことよりも優先すべきことがあったことを思い出す。

それはそれ、これはこれ。未来の日中関係よりも、今は目先の単位だ。

「ほら、そろそろ仕事に戻るぞい。早くせんと、時間内に終わらん」

岡村は、劉と福井にそう言うと、かまくら作りに戻ろうと踵《きびす》を返した。

そんな彼の視界を、体を前屈《まえかが》みにし、両手を保育園児に引っぱられた氷室が横切る。

「……なにしとんじゃ、氷室」

岡村が唖然《あぜん》として声をかけると、氷室が歩みを止めて振り返り、「いや、それが……」

と、困った顔で自分を引っぱるふたりの少女を見つめた。少女たちは、氷室の左右の手をそれぞれぎゅっとつかんで放さない。

氷室は苦笑し、岡村に言った。「なぜか、おままごとに誘われてしまって……」

「おままごとぉ⁉」

岡村、福井、劉が裏返った声で叫ぶ。氷室は自分の手をつかむ保育園児に話しかけた。

「……そろそろ放してくれるかな？　お兄さんもやらなきゃいけないことがあるんで……」

「えーっ！　おにいちゃん、おとうさん役やってよぉ！」

「だめっ！　おにいちゃんはあきのカレシ役なの！」

「違うもん！　まりがおかあさんで、おにいちゃんはおとうさん！」

「やだ、あきのカレシ役！　ぜったいぜったいカレシ役！」

氷室の手をつかんだまま、女の子たちは口論を始めた。氷室はやれやれと天を仰《あお》ぐ。

見守っていた福井もやれやれと肩を落とした。

「とうとう幼児からもアタックされだしたよ。こないだは、掃除のおばちゃんからファンレターもらってたし……。あいつのモテ範囲、広すぎじゃね？」

「それより、幼女に誘われる氷室を、うらやましがってるモゲアゴリラのほうが問題アル」

「う、うらやましいなんて全然思ってないわいっ！」

「ツンデレ、気持ち悪いアル」

「ツンデレ知ってて、ＴＰＯ知らないってなに⁉」

劉と岡村の安定したかけあいに、福井はさらに肩を落とした。

「お前ら、ほどほどにしとけよ。雪像作る時間なくなるぞ」

「そうですね」

劉とも岡村とも違う、涼《すず》やかな声の同意に、福井は「そうだろ？」と声の主を振り向き、

「氷室!?」

と、思わず飛び退《の》いた。いつの間にか、福井の隣には氷室が立っていたのだ。

忽然《こつぜん》と姿を現した氷室に、岡村と劉も驚きの声をあげる。

「おまえ、いつの間に!?」

「幼女はどうしたアルか!?」

矢継《やつ》ぎ早《ばや》に尋ねるふたりに、氷室は穏《おだ》やかな笑みを浮かべて答えた。

「なかなか手を放してもらえなかったので、ちょっと非常手段に出ました」

「非常手段!?」

物々《ものもの》しい単語に、福井はあわてて幼女たちの姿を捜した。苦労して捜す必要もなく、幼女たちは先ほど氷室をめぐって争っていた場所に立ち尽くしていた。だが何故《なぜ》かふたりとも頬《ほお》を紅潮《こうちょう》させ、夢見るかのようにうっとりとした瞳《ひとみ》で、氷室を遠くから見つめている。

岡村はかすれる声で、なにをしたんじゃ？　と尋ねた。いつも穏やかな笑みを浮かべる

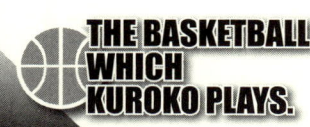

この後輩が、岡村にはもはや自分と同じ人類とは思えない。

「それは秘密です」

にっこりと微笑む氷室に、岡村、福井、劉の三人はそろって顔を青ざめさせた。

そんな三人に、氷室は至《いた》って平然と、「それより、アツシの姿が見あたらないので、捜してきます」と言い残して、公園の奥へと立ち去った。

岡村たちは狐《きつね》につままれたような面持《おもも》ちで氷室を見送る。

……あいつだけは敵にしたくない。呆然《ぼうぜん》としながらもそう思ったとき。

「あっちゃーん！」

公園に響いた悲愴《ひそう》な呼び声に、岡村たちは我《われ》に返った。


同じ頃。

紫原は公園の外れで見つけたベンチで、ひとりぼんやりとしていた。

雪だるまを作り始めたはいいが、途中で飽《あ》きてしまい、ふらふらと歩いているうちに、ここにたどり着いた。持ってきたお菓子はすでに食べ終わっている。

長丁場《ながちょうば》になると思い、いつもより多めにお菓子を持ってきたのだが、雪だるまを作っているあいだに、ひと袋がどこかに消えてしまったことも彼のモチベーションを下げた原因だ。

紫原は両手をあげ、大きく伸びをした。手持ちぶさたの上、口寂《くちさび》しい。

「もっと、お菓子持ってくればよかったー」

紫原は後悔を滲《にじ》ませた声で言い、ベンチにもたれて頭の後ろで手を組むと、空を見上げる。

雪は相変わらず、降っていた。

「見た目はわたあめなんだけどなぁ」

味もわたあめだったらいいのに……と、またも雪を口で受けようとしたとき。

かさり、と小さな音がした。

ん？　と、紫原は俊敏に首を動かし、音の聞こえたほうを見た。

ベンチの、空《あ》いている左側。そこに、キャンディーがひとつ、置かれていた。

そしてキャンディーを置いた手を引こうとしている、小さな男の子と目が合った。

男の子は、紫原がそう素早くはこちらを向くとは思っていなかったのだろう。

驚いた顔のまま紫原を見つめ、固まっている。

「……なに？」

紫原は問いかけた。

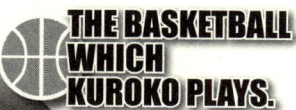

まるでその一言が金縛《かなしば》りを解く呪文《じゅもん》だったかのように、硬直していた男の子はびくっと肩を揺らすと、一目散《いちもくさん》に逃げ出した。

紫原がきょとんとして見送る中、男の子はベンチとは歩道を挟んで反対側に植えられた木に向かって走り、その木に片手をつくと反動を使い、くるりと木のうしろに隠れる。

「おお……」

小動物を連想させる軽い身のこなしに、紫原が小さく目を見張っていると――


バサッ!


手をついたせいだろう。木に降り積もっていた雪が、男の子の上にどさりと落ちた。

突然のことにさすがの紫原も驚き、急いで男の子に近寄る。

幸いにも落ちた雪はそれほど多くはなかった。しかし衝撃で座りこんだ男の子の腰あたりまでは積もっている。

紫原は「あら～、大変じゃん」と両手を伸ばし、呆然とする男の子の脇《わき》の下に差し入れて雪の中からひょいと彼を持ち上げた。

バスケットボールよりは重いが、紫原にとっては苦になる重量ではない。

簡単に持ち上げられてしまった男の子の目が、雪が落ちてきたことへの衝撃から、今度は紫原に対する衝撃に大きく見開かれた。

「大丈夫？」

男の子を持ち上げたまま、紫原は尋ねた。

男の子は瞬《まばた》きも忘れて紫原を見つめ返す。だが、

「……っ、くっ、う〰〰っ！」

やがて言葉にならない声をもらし、透明な涙を眼《め》からあふれさせた。

「えっ……え？」

その泣き顔は身長二〇八センチメートルの大きな男を珍しく狼狽《うろた》えさせ、男の子を掲《かか》げたまま紫原は右往左往《うおうさおう》したのだった。


「園児がひとり、いなくなったじゃと⁉」

福井から話を聞いた岡村は、顔をしかめた。

「ああ、だから大騒ぎになってるらしい」

THE BASKETBALL WHICH KUROKO PLAYS.

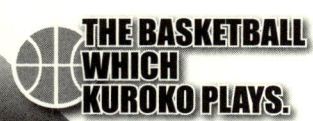

そう言う、福井の顔も険《けわ》しかった。

先ほどの悲痛な呼び声は、保育士さんのものだった。

「あっちゃん、あっちゃん」と名前を呼び、周囲を捜し回る姿が気になり、福井が事情を聞いてきたのだ。いまも保育士さんたちは「あっちゃん」を必死になって捜している。しかし同時に他の園児たちの面倒《めんどう》も見なくてはならず、手が足りていないのは明白だった。

「その『あっちゃん』の特徴は？」

一緒に話を聞いていた劉が尋ねる。

「五歳の男の子だってよ。年齢《とし》の割に背が小さくて、今日は黒いダウンを着てるらしい」

「……特徴まで聞いちまったら、放っておくわけにはいかないな」

そう言うと、岡村は声を張り上げた。「全員集合！　緊急事態じゃい！」

それからの行動は実に迅速《じんそく》だった。

集まったレギュラーメンバーに事情を説明し、捜索範囲を各自に割り当てる。該当《がいとう》する男の子を見つけたら福井か岡村に連絡するという決まりにして、即席の捜索班が出動した。

雪の中を駆けていく捜索班を見送っていた福井が、じっと立ち止まっている劉に気づいた。

「劉、どうしたんだ？」

福井が近寄り、尋ねると、

「…………これ」

劉は血の気の引いた顔で岡村と福井が積み上げた、かまくら用の雪山を指さした。

ぎくりと福井が顔を強張《こわば》らせる。

「どうしたんじゃ？」

ふたりの異変に気づいた岡村もやってきて、自分たちが築《きず》いた雪山を見た。

ででんと積まれた雪山の下のほうに、黒いものがちらりと顔を見せていた。

「ぬわぁぁぁぁぁぁぁぁぁ!?」

岡村は叫び声をあげるとあわてて膝《ひざ》をつき、雪山をかき分けはじめた。劉と福井もすぐにそれに倣《なら》う。

「死ぬなぁぁぁぁぁぁぁ!!」

三人は悲鳴に近い叫び声とともに、雪山を崩《くず》し始めた。

そしてこれが悲劇の始まりであった。

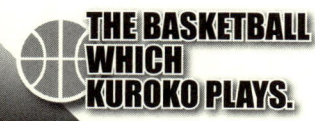

「……涙、平気?」

どうにか泣き止《や》んだ男の子をベンチに座らせ、紫原は尋ねた。

互いに座ったところで、紫原と男の子とでは身長差がありすぎるため、紫原からはうつむく男の子の頭頂部しか見えない。それでも男の子がこくりとうなずいたのはわかった。

ずびっと男の子が鼻をすするので、紫原は自分のポケットをまさぐる。

「あら? ……ティッシュ……あら?」

しかし、ポケットから出てくるのはお菓子を包んでいた空《あ》き袋ばかりだった。

「……あ、大丈夫、持ってるから」

そう言うと、男の子は自身が羽織《はお》る黒いダウンジャケットのポケットからティッシュを取りだし、鼻をかんだ。

「はー、最近の子はしっかりしてんだね。えらいねー」

自身もまだ『最近の子』に入る年齢ながら、紫原は感心して男の子を見つめる。

男の子もまさかそんなことで褒《ほ》められるとは思わなかったのだろう。一瞬ぽかんとして動きを止めるが、すぐにどこか恥《は》ずかしさと嬉《うれ》しさを滲《にじ》ませて「……うん」と答えた。

それが彼にとって勇気を出す追い風となったのか、

「あ、あのっ……!」

と、意を決した声とともに男の子はようやく顔を上げ、紫原を見上げた。ほぼ真上を見るような首の角度である。

まだ涙に濡《ぬ》れている瞳が紫原をとらえた。

「どうやったら、そんなに大きくなれるの？　……ぼく、大きくなりたいの」

紫原はこきっと首をかしげる。「……大きく？」

「ぼく、保育園でもみんなよりも小っちゃくて、すごく嫌で……。だから、大きくなりたいってずっと思ってるの……！」

男の子は期待の眼差《まなざ》しで紫原を見つめ続けた。

近くで見ると、ほんと大きい……。男の子は見たこともない巨体のお兄さんを前に、ドキドキと緊張に体を支配される。

保育士さんたちと一緒に公園に遊びに来て、たまたま見かけた人だったけれど、見た瞬間に教えてもらうなら、この人だ、と直感的に思った。

本当はすぐにでも声をかけたかったのだが、やはりその大きさに圧倒されて勇気が出せず、紫原の回りを遠巻《とおま》きにうろうろしていた結果、こんな所までついてきてしまった。

男の子の期待を一身に受けた紫原は、首をかしげたまま、「うーん」と唸《うな》って沈黙した。

長い沈黙に男の子が不安を覚え始めた頃、ようやく紫原は、「食べて寝る、かなぁ……」

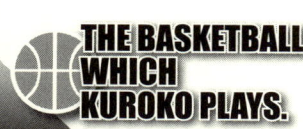

と、自信なさげに答えた。

「食べて寝れば、大きくなれるの？」

「うん。あとは……お菓子を食べると大きくなるかも。あ、そだ。これ……」

と言うと、紫原は男の子の目の前に片手を広げて差し出した。そこには、先ほど男の子がベンチに置いたキャンディーがちょこんと載《の》っている。

「食べていい？」

「あ、うん……」

「そっかー。ありがとう」

感謝の言葉とともに紫原がへらっと笑ったとき、「アツシ！」と名前を呼ぶ声が聞こえた。

見れば、歩道を氷室がこちらへと歩いて来る。

「うわ、見つかっちゃった……」

いたずらがバレた子どものような顔をする紫原の前で、氷室は呆《あき》れ顔で立ち止まった。

「アツシ、こんなところでなにやってるの？　それにこの子は？」

「んー、なんかねー、大きくなりたいんだって」

「は？」

氷室は意味がわからず、紫原を見つめた。そして、紫原から実に要領《ようりょう》の得ない説明を聞き、それでもなんとか状況を把握《はあく》すると、自分を見上げる男の子と視線が合うよう身を屈《かが》めた。

「どうして大きくなりたいの？」

「だって小さいと損《そん》なんだもん」

男の子は悲しそうに目を伏せる。「みんなで並ぶと一番前にされるし、駆けっこしたって大きい子のほうが勝つし、鉄棒《てつぼう》だって高いのには手が届かないし、すっごく損だよ」

ベンチに座っても地面に届かない足を小さく揺らして主張する男の子に、氷室と紫原は顔を見合わせた。ふたりとも幼い頃から背は高かったため、男の子の言葉はピンとは来ない。

「小さいことは損って言うけど、背が高いのも不便なものだよ。ね、アツシ」

「だよねー。ベッドからは足出るしー、服はサイズがないしー」

「電車のつり革《かわ》広告も邪魔だよね。顔にぶつかると地味に痛い」

「あと、勝手に待ち合わせ場所に指定するのもやめてほしいんだよねー」

中学時代、何度となく『正門前で紫原の下に集合』と言われたことを思い出し、紫原は不服そうに頬を膨《ふく》らませた。

ああ、それはちょっとね……と苦笑する氷室であったが、少年は「いいなぁ……」と羨《せん》望《ぼう》の混じったため息をもらす。

「大変でも、大きくなりたいよ。……できるだけ早く」

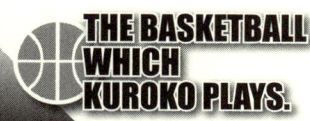

「どうして?」

氷室の質問に男の子は顔をうつむかせて言った。

「ぼく、おとうとがいるんだけど、そいつのほうが背も高くて、足も速いんだ……。ぼくはおにいちゃんなのに、背はちっちゃいし、目立たなくて、かっこわるいよ……」

「……そっか。おにいちゃんなんだね」

氷室はどこか寂《さび》しげに微笑むと、そっと男の子の頭をなでた。

やさしく頭をなでられ、男の子はまるで胸の奥のなにかがこみ上げてきたかのように、大きく息を吸った。目に涙がたまっていく。

透明な涙がいまにも零《こぼ》れそうになったとき——

「ねえ、隠れんぼって得意?」

突然変わった話題に、少年は驚いて紫原を見上げた。上向いたおかげで涙は頰を伝う前に、すうっと引っ込む。氷室も紫原の意図がつかめず、じっと彼を見つめた。

紫原はベンチに背を預け、ぼんやりと空を見たまま繰り返した。「隠れんぼ、得意?」

「う、うん……」

男の子が戸惑《とまど》いながらもうなずくと、紫原は「ふーん……」と空の彼方《かなた》に目を細めた。

「……オレの中学ん時のチームメイトで、すげー隠れんぼが得意なのがいたんだよね。オレは昔から、隠れんぼが苦手だったから、けっこう羨《うらや》ましかった。オレより全然小さくて、走るのも遅いのに、コートん中でも隠れんぼしてて……赤《あか》ちんにも認められてた」

あかちん？　と聞き慣れぬ単語を繰り返す男の子に、紫原はそれ以上なにも言わなかった。代わりに氷室が口を開いた。

「駆けっこで負けるなら、隠れんぼで勝てばいい、って言ってるんだよ」

「隠れんぼで？」

「そう。同じ勝利でもそこに至《いた》る方法はいくつもある。キミはキミの強みを活《い》かして勝てばいいんだ。隠れんぼが得意なら、それで一番になったらどうかな？」

「一番……」

男の子は改めて紫原を見上げた。紫原は相変わらず空を見上げている。

けれど男の子は気づく。紫原の口元が少しだけ笑《え》んでいることに。

男の子の顔にゆっくりと笑みが広がった。

「うん、わかった。ぼく、これからは隠れんぼで一番になるよ」

小さな手をぎゅっと握りしめての宣言に、氷室はやさしく微笑んでうなずき、紫原は「いいんじゃない？」と欠伸《あくび》混じりに言い、ベンチから立ち上がった。

それに合わせて少年もベンチからぴょんと飛び降りる。

三人はそろって、雪像作りの場所へ戻るために歩きだした。

ふたりの前を無邪気に歩く少年に目を配りながら、氷室は言った。

「珍しいね、優しくしてあげるなんて」

「別にー。優しくなんかしてないし。キャンディーもらったから、アドバイスしただけ」

「照《て》れなくてもいいのに」

「照れてねーしっ」

ムキになって言う紫原に、氷室はくすくすと笑い、それ以上はなにも尋ねなかった。


紫原と氷室が少年と一緒に戻ると、保育士さんたちに大変感謝された。

一緒にいた少年は、行方《ゆくえ》不明の『あっちゃん』だったからだ。

「本当にありがとうございました!!」

何度も頭を下げる保育士さんに、紫原は「別にー何もしてないしー」と眠たげな声で答えただけだった。目下《もっか》、彼の興味は別のところにある。

「なんか、すごいねー」

紫原は目の前の光景を、実に的確《てきかく》に言い表した。即《すなわ》ち、

「すげー無残《むざん》」

その言葉の通り、レギュラーメンバーがせっせと作っていた雪だるまやかまくらは、すべて無残な形に破壊されていた。

一際《ひときわ》大きな残骸《ざんがい》の近くに岡村、福井、劉がぐったりと倒れ、瀕死《ひんし》の体《てい》だ。

三人の傍《かたわ》らで氷室が雪の上に膝をついて尋ねた。「……いったい、なにがあったんですか？」

「……これのせいじゃ」

岡村がよろよろとしながらも氷室に差し出してみせたのは、ブラックペッパー味のポテトチップスの袋だった。包装袋は黒かった。

「あ、それ、オレのー。なくなったと思ってたのにー」

紫原が嬉しそうにポテトチップスの袋を岡村から奪う。

やっぱり、おまえか……！　と、福井が起き上がれないまま、声を震わせた。

さすがに状況が理解できない氷室に、福井はぽつぽつと説明を始めた。

すべてはかまくら用に積み上げた雪の中から、ブラックペッパー味のビニール袋がのぞいていたことから始まる。

それを行方不明の少年の服なのではないかと思った三人はあわてて雪山を崩し、確認し

た。幸いにも、すぐにそれは勘違《かんちが》いだとわかり、胸をなで下ろしたが、その時点ですでに手遅れの事態《悲劇》が発生していた。

雪山を崩す岡村たちに触発《しょくはつ》され、園児たちが作りかけの雪像を壊し始めていたのである。

あわてて止めに入るが、時すでに遅し。

かまくらや雪だるまは無残な姿へと変貌《へんぼう》してしまっていた。

「みんな、がんばったのにねー」

のほほんと言う紫原に、岡村、福井、劉はぐったりと座りこみながら、「おまえさえ、いなくならなければ……！」と心の中で呪《のろ》ったが、口に出す気力はなかった。

雪像破壊を止めようと奔走《ほんそう》し、最後の体力を使い果たしてしまったのだ。

そしてなにより、極《きわ》めて重大な問題が彼らの心を暗くしていた。

——これって、単位はどうなるの？

『奉仕活動』は陽泉高校の授業なのである。そしてこの雪像作りの完成をもって、単位修得《しゅうとく》が認められるはずだった。時刻は夕刻。もはや時間も体力も残されていない。

けれど単位がなければ、ＷＣ《ウインターカップ》出場も危ぶまれる。

陽泉高校バスケ部レギュラー一同最大のピンチである。

「……おい、どうすんだよ、主将」

座り込んだまま、福井が岡村に声をかけた。岡村は腕組みをし、暗い顔で沈黙している。

一同は、じっと岡村の号令を待った。そんな彼らに声がかかる。

「なにをしてるんだ、おまえら」

彼らははっとして、声の主を振り仰《あお》いだ。

そこには、傘を差し、コートに身を包んだ監督の荒木《あらき》雅子《まさこ》が立っていた。

「雪像はどうした？　今日作るんだったろう？」

荒木はバラバラになった雪像群を見つめ、眉間に皺を寄せる。

「おまえら、ＷＣに行く気はあるのか……？」

「監督……！」

岡村はきちんと説明しようと立ち上がった。しかしそれより早く、動く人影があった。

「姐《あね》さ～～ん!!」

姐さん!?　誰が!?　と、驚く一同の目の前で、保育士さんたちが口々に「姐さん！」と連呼《れんこ》しながら、荒木に抱きついていた。

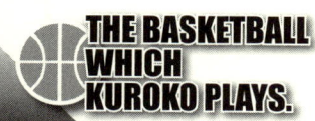

翌日の放課後。

バスケ部は練習前に部室で緊急ミーティングを開いた。

議題はもちろん、『奉仕活動』の単位についてだ。

一同の前に立った荒木は、すぐに切り出した。

「学校側と交渉《こうしょう》した結果、別日に再度『奉仕活動』を設定してもらえることになった」

その一言に、岡村たちは「おお〰〰っ」と快哉《かいさい》を叫ぶ。

「監督、ありがとうございます！」

岡村が代表して礼を言うと、荒木は「私の力じゃない」と答えた。

「昨日の保育士さんたちが、熱心に学校側に説明してくれたんだ。雪像が作れなかったのは、行方不明になった園児の捜索を手伝ったのと、園児たちが破壊活動に走ったからだとな」

「そうだったんですか……」

岡村は納得し、ギロリと紫原を睨《にら》む。そもそも、おまえがサボるからじゃろが、と視線が語っていたが、紫原は気づきもせずにチョコレートを食べ続けていた。

「監督、それで新しい『奉仕活動』というのは？」

氷室が尋ねると、荒木は「それも彼女たちが用意してくれた」と言った。

「我々がＷＣに専念できるようにと、さして手間がかからず体力もそれほど使わない活動を、学校側に提案してくれたんだ」

「そりゃあ、ありがたい。どんなことですか？」

岡村が尋ねると、荒木は「これだ」と持ってきた紙袋から、大きな鬼の面を取り出した。

一同に衝撃が走る。

縮《ちぢ》れた髪、大きくひらいた口、その口から伸びた大きな牙《きば》。その鬼の面は、あまりにも見慣れたあの面だった。

「……なまはげ？」

紫原がこきっと首をかしげる。

「そうだ。おまえたちには、年末の保育園のお楽しみ会でなまはげをやってもらう」

「「「「ええ――――っっ!?」」」」

部室を震わせる重低音の叫びが轟《とどろ》いた。

「か、監督！　本気なんですかっ!?」福井が身を乗り出して確認する。

「本気だ。喜べ、これで単位は安心だぞ」

「で、ですが、年末ってＷＣは!?」氷室が珍しくあわてた様子で尋ねた。

「問題ない。ＷＣ終了後にお楽しみ会だ」

「けど、オレにはなまはげの衣装、入らないと思うしー」

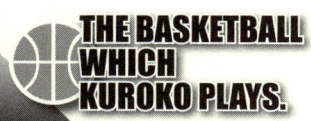

紫原が眠たげな顔で、自分は関係ないと言外に言う。

「安心しろ。保育士さんたちが、急ピッチでおまえたちの図体《ずうたい》に合う衣装を作ってくれている」

荒木は珍しく薄く笑い、「昔は特攻服の刺繍《ししゅう》も自分らでやっていた奴《やつ》らだ。手先は器用だぞ」と昔の妹分たちを嬉しそうに自慢した。

これは断れない……！

レギュラー陣は戦慄《せんりつ》し、そう悟った。

「さあ、憂《うれ》いは晴れただろう。さっそく練習に入るぞ」

荒木は鬼の面を机上《きじょう》に残し、いつものごとく颯爽《さっそう》と立ち去る。

残された一同は呆然とし、座ったままで、立ち上がれるものはいなかった。

「なまはげねぇ……」

紫原は鬼の面を手に取ると、顔にあてておお決まりのあのセリフを口にした。

「悪い子はいねがぁぁ？」

「「「「**そりゃ、おまえだよっ!!**」」」」

バスケ部一同の魂《たましい》の叫びは、陽泉高校合唱部も羨《うらや》むほどの見事な斉唱《せいしょう》であったという。

おまけ

大ちゃんの覚醒

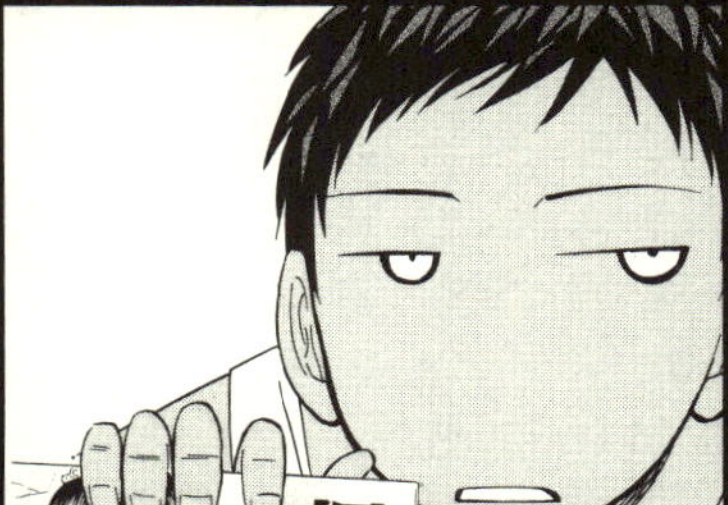

桃井《ももい》が神社の林で、謎のお面軍団に囲まれていた、ちょうど同じ頃。

青峰大輝《あおみねだいき》は人生最大のラッキーに見舞われていた。

場所は参道《さんどう》の一角。青峰の右手には、桃井が帰ってくるのを待ちきれずに買った焼き鳥。左手には、黄瀬《きせ》からもらったくじ引きで当てた、堀北《ほりきた》マイの写真集。そして目の前には、

「嬉《うれ》しいな、こんなところでも私の写真集を見てくれるなんて」

薄手のキャミソールを押し上げるHカップ……もとい、にっこりと笑う堀北マイが立っている。

青峰は口を半開きにしたまま、眼前の巨乳……もとい、美女と手元の写真集を見比べた。同じサイズ……もとい、同じ顔である。間違いない。堀北マイ、本人だ。

堀北マイはぱっちりとした瞳《ひとみ》を青峰の持つ写真集に注ぎ、尋《たず》ねた。

「それ、どうしたの？」

「……くじ引きで、当てた」

「わぁ、私の写真集、景品になってるんだ。すごいっ」

すごいのは、あんたの胸だ。

青峰は眼前のやわらかな双丘《そうきゅう》を目に焼きつけようと、瞬《まばた》きを捨てた。

「あ、そろそろ行かなくちゃ。移動の途中でお祭り見かけて、ちょっと寄っただけなの」

ばいばい、と小さく手を振り、堀北マイは青峰の熱い視線を一身に受けた胸元を揺らし、

慌《あわ》ただしく踵《きびす》を返した。だが、その拍子《ひょうし》に参道の石畳《いしだたみ》にヒールをひっかけ、体が傾く。

青峰は咄嗟《とっさ》に腕を伸ばし、写真集を持ったまま左腕で堀北マイを支えた。

ふにゃん。

表現のしようがない感触が青峰の腕に触れた。

「!?」

青峰の息が止まる。目を見開き、口を開けたまま、帝光《ていこう》バスケ部のエースは無防備に固まった。今なら、どんなシュートも外すだろう。もちろんそんなことを考える余裕など一切《いっさい》なかったが。

夢の果実との一瞬の邂逅《かいこう》。

「ありがとう」

走りゆくマドンナを見送りながら、青峰は触れた腕をそっと押さえた。

「………………イイ」

数十分後。謎のお面軍団からどうにか逃げてきた桃井たちは、お腹《なか》を空《す》かせてさぞ不機嫌だろうと思っていた青峰に満面の笑顔で迎えられ、首をかしげる。けれど、彼女たちにそれを問いただす余裕はなく、青峰の夏祭りの思い出は、彼だけの秘密となった。

とゆうわけで、小説版ついに三冊目です。
……マジでか。いいんですか。
ドッキリとかじゃないんですか。
そんでバスケはいつになったらするんですか。
タイトル、マジで変えないとマズい気がするくらい、
『黒子のバスケ』登場人物がひたすら
キャッキャするエピソードの数々。
平林さんには本当に感謝しております。
関係者の皆様、本当に感謝しております。
応援してくれている皆様、本当に本当に感謝しております。
毎回言っていますが、毎回言います。
だってここ書くとき思うことなんて
毎回ひとつしかないので。
皆様、本当にありがとうございます。

藤巻忠俊

POSTSCRIPT
あとがき

『黒子のバスケ』の小説版もとうとう三冊目です。夢のようです。
どれくらい夢のようかと言うと、うたた寝をしていたら
「原稿まだですか」と黒子に叱られる夢を見たぐらい、夢のようです
(『バスケまだですか?』と叱られるよりはましかも…)。
今回もはりきって書き出したのですが、
いつの間にかページ数も〆切りも大幅にオーバーしてしまい、
最後の最後でカット作業の嵐が吹き荒れました。
その中で思い出深いのが、とあるエピソードを
カットするか否かで揉めた際、編集担当の佐藤さんに、
「『担当がカットしろと言いました』とあとがきに
書いていいので、カットして下さい」と言われたときは、
「あとがきのネタまで気にかけるなんて、なんてすごい人だ」と感服し、
「カットしましょう!」と頷いたことです。
というわけで、『氷室の左目の秘密』エピソードが
カットされたのは佐藤さんのせいです。
このように今回もたくさんの方々のお力添えで作品が出来上がりました。
L.A.について教えてくれた河淵ちあきさん、
すてきフレーズの使用許可を下さった根元歳三さん、
JUMP j BOOKS編集部の方々、校正さん、ジャンプ編集部の嶋崎さん、
大変お世話になりました。ありがとうございます!
そして藤巻先生。本編が最高に盛りあがってお忙しい中、
今回もステキなイラストをありがとうございます!
初公開の帝光中の夏服が眩しくて、泣きそうです。
最後に、一番お礼を申し上げたい読者の皆様。
Replaceシリーズが三冊目を数えたのは、誰でもない皆様のおかげです。
本当にありがとうございます!
原作はもちろん、アニメ、ゲーム、CDシリーズ……と
広がりを見せる『黒子のバスケ』ワールドのひとつとして、
この小説も一緒に楽しんで頂ければ幸いです。
それではみなさま、またどこかで。

八月某日
平林佐和子

THE BASKETBALL WHICH KUROKO PLAYS.

■初出
黒子のバスケ－ReplaceⅢ－ ひと夏のキセキ　書き下ろし

[黒子のバスケ－ReplaceⅢ－] ひと夏のキセキ

2012年 9 月 9 日　第1刷発行
2012年 9 月 24 日　第2刷発行

著　者／藤巻忠俊 ◉ 平林佐和子

編　集／株式会社　集英社インターナショナル
〒101-8050　東京都千代田区一ツ橋 2-5-10
TEL　03-5211-2632(代)

装　丁／勝亦一己

編集協力／佐藤裕介 ◉ 谷口明弘 [由木デザイン]

発行者／茨木政彦

発行所／株式会社　集英社
〒101-8050　東京都千代田区一ツ橋 2-5-10
TEL　03-3230-6297（編集部）03-3230-6393（販売部）
03-3230-6080（読者係）

印刷所／中央精版印刷株式会社

Printed in Japan　ISBN978-4-08-703275-8 C0093

検印廃止